버려진 도시,
アッティカ **아티카**

버려진 도시, 아티카

アッティカ

이선 소설

바른북스

혹자가 말한다.
"인류는 달보다도 바다를 더 모른다."

목차

프롤로그

1부

1장 ◦ *11*
2장 ◦ *34*
3장 ◦ *58*

2부

4장 ◦ *75*
5장 ◦ *111*
6장 ◦ *139*

3부

7장 ◦ *171*
8장 ◦ *203*
9장 ◦ *230*

4부

10장 ○ *241*
11장 ○ *235*
12장 ○ *271*

에필로그
이후의 이야기
버려진 도시, 아티카에 대하여

작가의 말

프롤로그

아티카(Attica, アッティカ)

이 이야기는 아틀란티스의 전설에서 시작된다.
'아티카'라는 이름은 아틀란티스의 일본어 발음인
'앗티카(アッティカ)'에서 따온 것이다.
아틀란티스는 고대 그리스 철학자 플라톤의 저작
《티마이오스》와 《크리티아스》에서 언급된 가상의 섬
또는 대륙으로, 신들의 노여움을 사 하루아침에
바닷속으로 가라앉았다고 전해진다.

바다는 지구의 70%를 덮고 있지만, 인류는 그중 고작
5%밖에 탐사하지 못했다. 특히 수심 200미터 아래, 어둡
고 깊은 심해는 아직도 인간의 상상력을 자극하는 미지

의 세계다. 혹자가 말한다. "인류는 달보다도 바다를 더 모른다."

 미지의 세계인 바다가 지금, 조용히 죽어가고 있다면 우리는 당장 믿을 수 있을까? 몇 해 전, 우연히 넷플릭스 다큐멘터리 〈씨스피라시(Seaspiracy)〉를 보고 처음으로 이 질문과 마주하게 되었다.

 당연하게도 플라스틱 빨대나 비닐봉지가 바다를 망치고 있다고 믿었던 내게, 해당 다큐는 나의 뒤통수에 강한 충격을 선사하였다. 다큐에서는 바다를 가장 심하게 파괴하는 건 다름 아닌 인간의 '어업'이라고 주장한다. 〈씨스피라시〉에서는 바다 쓰레기의 절반 이상은 버려진 어망과 그물인 '폐어구'라고 말한다. 해당 사실을 확인하기 위해 다급하게 인터넷을 검색하니, 그물에 질식한 채 죽어 떠오른 고래 모습과 날개도 펴지 못한 채 물 아래에서 마지막 숨을 들이켰던 바닷새를 담은 기사들이 눈에 들어왔다. 수백만 마리의 돌고래, 바다거북, 그리고 이름 모를 수많은 생명이, 그저 '부수어획'이라는 말 한마디로 설명되어 세상에서 사라진다. 제 수명대로 살지 못하고 말이다.

 다큐를 통해 나는 알게 되었다. 물고기가 사라지면, 그

배설물로 살아가던 해양 생명체들도 함께 사라진다는 것을. 지금도 바다는 천천히, 그러나 확실히 숨을 잃어간다.

다시마숲과 해조류는 열대우림보다 더 많은 탄소를 저장하지만, 그 바다의 단 1%만 무너져도 지상에는 9천만 대 이상의 자동차가 내뿜는 탄소가 쏟아진다. 이제는 전기차로 바꾸고, 플라스틱 사용을 줄이는 것으로는 부족하다.

그래서 나는, 이제 시선을 바꾸어 바다 전체를 다시 바라보자는 마음으로 한 편의 이야기로 녹여서 쓰기로 했다. 시골의 한 소년이 바다 깊숙한 곳에 있는 '버려진 도시, 아티카'에서 겪는 모험담으로 말이다.

이야기는 상상이지만, 그 상상은 진실에서부터 시작되었다. 그리고 지금, 당신 손에 이 책이 들려 있다. 만약 이 이야기로 단 한 사람이라도 바다의 목소리에 귀 기울일 수 있다면.

그것만으로도 나는 충분하다.

1부

1장

    2013년 7월, 한여름의 태양은 뜨겁고도 찬란하게 대지를 들끓게 하고 있었다. 반면, 그 열기마저도 시골 소년의 열정과 동심을 막기엔 턱없이 부족했다. 이 이야기는 경기도 안산시의 작은 섬마을, 대부도에 사는 시골 소년의 여름방학 이야기다.

    "맴-맴-맴-맴-."

    시계의 시침과 분침이 오전 열 시 삼십이 분을 가리키고 있을 때, 여름방학의 단잠을 깨운 것은 천둥번개 같은 매미의 울음소리였다. 주변이 푸른 산과 숲으로 둘러싸인 보육원은, 여름이 되면 나뭇잎을 스치는 바람과 새들의 지저귐, 매미의 울음이 하루를 가득 채운다.

    "으아아함. 잘 잤다."

잠자리에서 일어나 거실로 가니, 보육원생들이 텔레비전 앞에서 여름방학 특집 영화를 보고 있었다. 나는 그 옆에 조용히 가서 앉았다.

"이선, 이선. 사무실로 얼른 내려올 수 있도록."

재미있게 영화를 보던 중, 보육원에 하나의 방송이 울려 퍼졌다.

"아? 뭐지? 나 잘못한 거 없는데…."

방송을 듣고 황급히 사무실로 내려갔다. 보통 이런 식으로 뜬금없이 방송으로 원생을 부르면, 잘못해서 혼나는 경우가 많았다. 그러다 보니, 방송은 우리에게 좋은 의미로 다가오지는 않았다.

사무실 안은 나른한 햇살이 흘러 들어오고 있었다. 그곳에는 남자 사회복지사 선생님이 무표정한 얼굴로 수화기를 들고는, 귀찮다는 듯한 목소리로 내게 말했다.

"선아, 우림이라는 친구한테 전화 왔어. 얼른 와서 받아 봐."

나는 가볍게 고개를 끄덕이고는, 귀찮음이 묻은 수화기를 건네받았다.

"여보세요?"

"야, 선! 오늘 우리 아지트 만들기로 한 거. 잊지 않았지? 대부초등학교! 두 시까지 집합하는 거다?"

수화기 너머에 있는 우림이의 익숙한 목소리가, 기다렸다는 듯 튀어나왔다. 우림이의 목소리는 여느 때처럼 활력이 넘쳤고, 숨소리에서부터 들뜬 기색이 가득했다.

"당연하지! 너나 늦지 마!"

우림이의 활력이 고스란히 전염된 듯, 내 목소리도 덩달아 높아졌다.

"뚜- 뚜- 뚜-."

말을 마치기 무섭게 끊겨버린 통화음이 내 귀로 들려왔다.

"아, 야? 우림?"

제 말만 하고 끊는 우림이의 행동에 당황스러움을 숨기지 못했다.

나는 잠시 수화기를 바라보다가 푸념하듯 말했다.

"또 자기 할 말만 하고 끊었네."

우림이는 항상 자기 할 말만 하고, 전화를 끊는 습관이 있다. 예전부터 그러지 말라고 했지만, 고쳐질 기미가 보이지 않았다. 그런 우림이의 모습에 나를 비롯한 친구들은 그러려니 하고 넘어가게 되었다.

선생님이 수화기를 내려놓은 나를 힐끗 쳐다보더니 말을 건넸다.

"뭐라고 했어?"

"어…. 두 시까지 대부초등학교에서 만나자고 했어요."

선생님은 대수롭지 않다는 듯, 고개를 끄덕이시고는 말씀하셨다.

"그래? 그래. 아, 맞다. 선아. 오늘 저녁 예배는 없으니까, 여섯 시 넘기 전에 오면 돼. 알겠지?"

"네!"

내가 사는 보육원은 스님이 운영하는 곳이라, 아침과 저녁마다 법당에 가서 예불을 드리는 게 규칙이다. 하지만 방학만큼은 원생들이 푹 쉬길 바라는 원장님의 뜻으로 아침 예불을 하지 않는다. 특별한 이유가 없는 한 저녁 예배는 매일 하지만, 오늘은 없었다. 반가운 소식이었지만 그 순간의 내 귀에는 들어오지 않았다. 아지트를 만들 생각에 정신은 이미 다른 곳에 가 있었으니까.

흥얼거리며 방으로 돌아와 아지트에 가져갈 물건들을 가방에 챙기기 시작했다. 현재 유행하는 카드 게임의 카드와 딱지, 손전등, 야광 탱탱볼 등 아지트에서 쓸만한 물건들을 차곡차곡 넣었다.

"다녀오겠습니다!"

오늘은 뭔가 특별한 날이 될 것 같아, 평소에는 옷장 낡은 상자에서 잠들어 있는 반지 목걸이를 꺼내어 목에 걸었다.

햇살이 내리쬐는 여름날, 그 누구도 겪지 못할 나만의 여름방학 이야기가 시작될 거라는 믿음과 설렘을 가득 담아 힘차게 발을 내디뎠다.

버스 타고 학교 근처 정류장에서 내려 걸어가던 중, 포도밭 한가운데에 놓인 정자에서 일하고 계시는 할머니들을 향해 목청껏 인사를 건넸다.

"안녕하세요!"

평소의 나였다면, 정자에 누가 있든 그냥 지나쳤을 거다. 모르는 사람에게 인사를 먼저 건네는 일 같은 건, 나의 성격과는 거리가 먼 이야기다. 그러나 내가 평소와 다른 행동을 한 이유는 바로 '포도' 때문이었다.

시간을 조금 거슬러, 며칠 전 여름 방학식을 하던 날이었다.

"너희 그거 알아? 포도밭 정자에 계신 할머니, 할아버지한테 인사하면 포도 그냥 준대!"

쉬는 시간, 진우가 엄청난 소식을 들고 온 사람처럼 주변 눈치를 살펴본 후에 말했다. 거짓말을 자주 하던 진우의 말을 우리는 평소와 다름없이 귀담아듣지 않고, 그저 농담으로 치부했다.

학교를 가던 나는, 땡볕에 땀을 흘린 탓인지 진우의 말이 머릿속에서 계속 맴돌았다. 옆에 무성한 포도나무밭이 있는 탓에 더욱 포도가 먹고 싶어졌다. 그 때문에 진우의 말을 믿어보자는 마음으로 인사를 건넸다. 어차피 약속 시간까지는 여유로우니 말이다.

"아가야, 일로 와서 포도 좀 먹고 가렴!"

"네!"

농담으로 치부했던 진우의 말이 사실임을 알자, 웃음이 새어 나왔다.

정자엔 꽃무늬 배바지를 입은 할머니들이 빙 둘러앉아 있으셨다. 그중 가운데에 앉아계시던 할머니께서 방금 씻은 듯한 포도 한 송이를 내게 내미시며 말을 거셨다.

"아이고. 햇볕에 얼굴 다 익었네. 어서, 먹으렴."

할머니의 말투는 다정하면서도 어딘가 기품이 풍겼다.

"잘 먹겠습니다."

물방울이 송골송골 맺힌 포도알을 보기만 해도 입안 가득 단맛이 느껴지는 듯했다. 설레는 마음으로 한 알을 살짝 입에 물고 껍질을 쭉 당기자, 달콤한 과즙이 입안에서 터졌다.

"우아! 맛있어요!"

포도의 신선함과 상쾌함은 땡볕을 뚫고 온 고생을 씻어 주었다.

허겁지겁 포도를 먹는 내게, 기품이 흘러넘치는 할머니가 말을 거셨다.

"아가야. 어디를 그렇게 가고 있던 건지, 이 할미가 물어봐도 되겠니?"

"아, 네. 학교 가고 있었어요."

나는 얼른 입안의 포도를 꿀꺽 삼키고 대답했다.

"아이구, 학교?! 오늘같이 푹푹 찌는 날엔 집에서 쉬어야지. 뭐 한다고 이 뜨거운 날씨에 학교를 가?"

나의 말을 들은 또 다른 할머니가 경상도 사투리를 섞은 말투로 말했다. 포도알을 집는 할머니의 손은 밭일로 인해 흉터와 굳은살이 가득했다.

"친구들이랑 놀러 가기로 해서요."

기품이 느껴지던 할머니는 고급스러운 부채로 부채질하면서 포도 하나를 더 내밀어 주셨다.

"천천히 먹으렴."

할머니의 말씀에 따라, 고개를 끄덕이고는 다급하게 먹던 포도를 천천히 씹었다. 욕심부려 많이 먹었다는 생각이 들자, 괜스레 할머니의 눈치가 신경 쓰이기 시작했다.

포도 한 알, 한 알을 눈치 보며 먹고 있을 때였다. 미간에 사마귀가 있는 할머니께서 자신의 고민을 털어놓으셨다.

"어휴, 요즘 애들이 밭에 쓰레기를 몰래 버려서 참…. 쓰레기 치우는 게 너무 힘들어요."

최근 길가에 쓰레기를 버린 적이 있던 나는 할머니의 말씀에 가슴 한편이 바늘에 찔리는 듯한 기분이 들었다. 정자는 더 이상 나에게 있어서 결코 편한 자리가 아니게 되었다.

"그러니까 말이야. 우리 시절에는 아티카의 전설 때문에 쓰레기도 함부로 못 버렸는데…. ."

손에 밭일의 흔적이 가득한 할머니가 말했다.

나는 지금 할머니들이 무슨 이야기를 하는지, 크게 중요하지 않았다. 그저 이곳을 벗어날 타이밍만이 오길 기다릴 뿐이었으니 말이다.

"아가야, 아티카의 전설에 대해 알고 있니?"

눈치를 보며 포도알을 먹고 있던 나에게, 기품 있는 할머니가 아티카에 관해 물어보셨다.

"아뇨. 잘 몰라요."

고개를 저으며 대답했다. 할머니는 미소를 지으며 아티

카의 전설을 동화책 읽듯, 설명해 주셨다.

"아티카의 전설은 할머니가 아가보다 더 어릴 때인 1953년에 본격적으로 떠돌던 얘기란다. 아티카는 이 세상 어딘가의 지하에 있고 그곳의 주민들은 '에코'라는 이름으로 불리고 있다고 했지."

할머니의 말씀에 고개를 끄덕이고는 몸을 살짝 움직였다. 포도의 달콤함이 입안에서 사라지기 전에 서둘러 자리를 박차겠다고 마음먹고 자리에서 일어서려던 순간이었다.

그 순간, 손에 박힌 굳은살처럼 할머니가 한껏 단단해진 말투로 덧붙이셨다.

"아티카는 말이야…!"

움직이려던 몸을 황급히 멈추고, 할머니의 이야기를 듣기 위해 다시 자세를 고쳐 잡았다.

"절대 산 사람은 갈 수 없는 곳이라고 하더라구! 전설에 따르면, 인간들이 바다에 버린 쓰레기 때문에 복수하고 싶어 하는 생선들만 에코가 된다지."

사마귀가 있던 할머니는 포도 한 알을 집어 드시고는 말하셨다.

"근데 또 다른 소문에 의하면, 그곳은 악마와 거래를 한 사람들이 가는 곳이라고도 하고, 신과 거래를 한 사람들이 갔다는 말도 있더라고. 뭐가 맞는지에 대해 그 당시 아이들이 앞다퉈 싸우기도 했었지. 그 과정에서 아티카가 어디에 있는지, 에코들이 뭐 하는지에 관한 이야기는 서로 달랐어. 그래도 하나는 확실했지. 에코들이 쓰레기를 함부로 버린 인간을 죽도록 미워해서 산 사람을 해친다는 사실 말이야. 그래서 우리 할미들이 어릴 적엔 쓰레기를 꼭 쓰레기통에 넣었지. 그래야 에코들이 산 사람들을 해치지 않는다고 생각했으니까."

할머니들의 진지한 말씀에 먹으려고 집고 있던 포도알을 차마 입에 넣지 못한 채 이야기를 듣고 있었다. 그러자 기품이 있는 할머니가 손사래를 치며 말씀하셨다.

"아휴~ 이대로 있다가는 아가가 진짜로 믿겠네!"

"뭐, 어때? 우리 때에는 진짜로 믿었잖아!"

사마귀가 있는 할머니가 웃으며 말했다. 손에 굳은살이 많던 할머니는 눈물이 맺히실 정도로 웃으셨다. 할머니들 사이에서 어버버하며 난감해하고 있을 때, 정자에 걸려 있는 시계를 바라보았다.

"저 이제 시간 돼서 가보겠습니다. 포도 잘 먹었습니다. 감사합니다. 안녕히 계세요!"

시계의 분침이 오십 분을 가리키고 있었다. 약속 시간까지는 십 분 정도 남아 있었기에 서둘러 가야만 했다.

"그래. 조심히 가렴."

할머니들의 따뜻한 배웅에 90도로 허리를 숙여 인사한 뒤, 뒤돌아 학교로 향했다.

대부초등학교 정문에는 진우와 우림이가 서 있었다. 이틀 만에 본 우림이와는 반가운 마음을 담은 인사를 주고받았다.

"야, 이선! 왜 이렇게 늦게 와?! 달팽이야?"

"참내, 어이가 없네. 일찍 나온 네가 잘못한 거야!"

짧은 인사를 나누고, 약속 시간이 되어도 허전한 인원에 의아함을 느꼈다. 분명, 사람이 더 있어야 했다. 오늘 우리가 만나기로 했던 친구들은 더 있었다.

"야, 근데 다른 애들은?"

"수호는 가족 여행 갔고 진성이는 귀찮대. 분명, 지금 애니메이션 보고 있을 거야."

어릴 적부터 나는 사람이 많을수록 놀이는 즐겁다고 생각했다. 그래서 우림이의 말이 살짝 아쉬웠지만, 금세 웃어넘겼다. 진우와 우림이만 있어도 충분했으니까.

우리는 학교 담장을 넘어온 나뭇가지의 그늘 밑에 서서

더위를 피하고 있었다.

"빵!"

작은 트럭이 경적을 울리며, 학교 앞 정문을 향해 왔다.

"아빠!"

우림이가 차 안에 계신 아버지를 향해 소리쳤다.

"뒤에 타렴."

우림이 아버지가 자동차 창문을 내리시고는 말씀하셨다.

"네!"

우리는 일제히 대답하며 차에 올랐다. 우림이는 보조석에, 나와 진우는 나란히 뒷좌석에 앉았다. 우림이 아버지께서는 뒷좌석에 앉은 우리를 보며 말하셨다.

"얘들아, 안전띠는 다 했니?"

"네!"

곧 우리가 상상하던 일이 이뤄진다는 생각에 해맑게 웃으며 대답했다.

"자, 출발할게."

우리는 흔들리는 자동차에서도 아지트 만들 생각에 시끌벅적 이야기꽃을 피우며, 바닷가로 향했다.

얼마 안 가, 탁 트인 바다가 모습을 드러냈다. 대부도 연안에는 주름이 자글자글한 할매 바위와 할아배 바위가 우두커니 서 있다. 대부도에서 신성하게 여겨지는 두 바위 사이에는 일반적인 붉은색과 달리 하얗게 칠해진 거대한 문이 서 있었다.

자동차 창문을 내리고 저 멀리 서 있는 두 바위를 향해 손을 뻗어 인사를 건넸다. 가족이 없는 고아인 나에게 있어서, 두 바위의 존재는 마치 할머니와 할아버지와 다름없었다.

"할머니, 할아버지 안녕하세요!"

그저 어린 고아의 작은 위안일 뿐이겠지만, 이 작은 행동은 생각보다 나에게 적지 않은 위로를 준다.

"야, 너는 무슨 바위에 인사하냐? 네가 무슨 어린애냐?!"

"애다. 애야."

앞에 있던 우림이가 비웃으며 말하니, 옆에서 진우가 거들었다.

"내 마음이거든?!"

두 사람의 말에 얼굴이 화끈 달아올랐다. 창피해서 그런지, 나도 모르게 발끈하고 말았다. 그런 내 눈치를 살핀 듯, 우림이 아버지가 너그러운 목소리로 말을 건네셨다.

"선이가 정말 순수하구나."

우림이와 진우의 놀림이 마음에 걸려서인지, 우림이 아버지의 말에도 기분이 나아지지는 않았다.

"그런 거…. 아니에요."

볼을 빵빵하게 부풀리고 입술을 쭉 내민 모습으로, 소곤소곤 대답했다. 나만의 소심한 반항이었다.

"자, 도착했다."

우림이 아버지가 자동차를 해변 근처에 있는 주차장에 세우며 말씀하셨다. 차에서 내리자마자 찌뿌둥한 몸을 펴고, 우림이 아버지가 개인적으로 낚시하실 때 타고 다니시는 낚싯배에 올라탔다.

해수면은 햇빛을 받아, 다이아몬드처럼 빛나서 눈부셨다. 마음속에선 당장 반짝이는 보석함으로 뛰어들고 싶었지만, 움직이는 배에서 몸을 던질 만큼 무모하진 않았다.

대부도의 빨간 등대에서 삼십 분 정도 배를 타고 가면, 큰 섬 세 개를 볼 수 있다. 이 섬들은 무인도로, 울창한 숲으로 가득하다. 아주 오래전에 해저 화산이 터지면서, 이곳에 세 개의 작은 섬이 생겨났다고 한다. 그전에는 아무것도 없던 광활한 수평선만이 있었다고 한다. 시간이 흐르면서 모래와 흙이 쌓이면서, 나무와 식물들이 자라나 현재의 거대한 숲이 되었다고 한다.

"자, 도착했다. 조심해서 내리렴."

우리는 그중 가장 큰 섬에 내렸다. 각자가 챙겨온 물품들을 섬으로 옮겼고, 무거운 물건들은 우림이 아버지가 도와주셨다.

"이건 뭐지?"

말라 있는 모래 위에는 버려진 비석 하나가 넝쿨과 세월에 뒤덮여 있는 채로 기울어져 있었다. 비석에는 한자로 '阿蒂卡 神祠(아티카 신사)'라고 적혀 있었다. 우리는 이 글자를 읽을 수 없었기에 신기하다고만 생각할 뿐, 더 깊게 보지 않고 무시했다. 딱히 궁금하지도 않았으니까.

우림이 아버지가 대형 텐트를 설치하는 동안, 우리는 풀을 걷어내고 미니 전구와 가져온 물건들을 놓았다. 그 순간, 풀더미 속에 숨었던 자리가 놀랍게도 아지트로 변했다. 우리가 생각했던 동심 가득한 아지트로.

"이거 어디에다가 버리지?"

아지트를 만들었다는 뿌듯함이 채 가시기도 전에, 내 손에 남은 건 투명한 비닐봉지 한 장이었다. 친구들 손에는 뜰채와 통발이 들려 있었지만, 나는 형편이 여의찮아 아무것도 준비하지 못했다. 그런 내가 생각한 유일한 도구는 식당에서 받은 봉지였다.

"선! 네 뜰채 내가 대신 챙겼다!"

우림이는 늘 나와 옥신각신하는 사이지만, 속으로는 누구보다 나를 챙겨주는 유일한 친구이다. 우림이가 뜰채를 건네주자, 비닐봉지를 가지고 있을 이유가 사라졌다.

"뭐, 누군가가 치우겠지."

늘 그렇듯, 습관처럼 혼잣말 말하고는 비닐봉지를 바람 속에 놓아버렸다. 봉지는 허공에서 잠시 떠돌다 바닷바람을 타고 춤추듯 날아가더니, 이내 시야에서 사라지고 말았다.

"이제 들어가자!"

우림이의 외침에 웃으며 우리는 상의를 훌훌 벗어 던지고, 뜰채를 들고 망설임 없이 파도 속으로 뛰어들었다.

그 순간, 시야에서 사라졌던 비닐봉지에서 하얀 연기가 나왔다. 희뿌연 그것은 사람의 형상으로 일렁이더니 이내 바닷속으로 헤엄쳐 사라졌다.

'우와…'

에메랄드빛 사이로 빛의 기둥이 수를 놓은 해수면 아래의 새로운 세계가 펼쳐졌다. 수면 위에서는 결코 볼 수 없었던 또 하나의 세계가, 물속 깊은 곳에서 조용히 그 모습을 드러냈다. 형형색색의 물고기들은 마치 오래전부터 경험했던 일처럼, 아무렇지 않게 유유히 제 갈 길을 헤엄쳐 갔다. 생명의 기운이 가득한 바다를 바라보다 보니, 숨이 차올라서야 겨우 시선을 거둘 수 있었다.

"푸하!"

젖은 머리를 털며 주위를 둘러보았다. 함께 잠수하던 우림이와 진우도 수면 위에 올라, 숨을 고르고 있었다. 무료한 일상에서 재미와 도전 정신을 추구하는 나는 저녁에 먹을 물고기를 잡기 위해 친구들에게 내기를 제안했다.

"누가 제일 맛있는 물고기를 잡는지, 내기하는 거 어때?"

"좋지!"

"대부도 마린 보이 출격이다!"

우림이와 진우가 외치며 빠르게 잠수했다. 심호흡을 크게 하고, 비싼 물고기를 잡겠다는 굳은 다짐을 가진 채로 에메랄드빛 바다에 몸을 맡겼다. 비싼 물고기가 맛있다는 생각에서 나온 단순한 행동이었다.

'비싼 물고기가 어디에 있으려나?'

어느 정도 내려가니, 하얀 무언가가 바닷속 깊은 곳으로 헤엄치는 모습을 발견했다. 희뿌연 하얀 구체 주변에 타오르는 빛이 머리처럼 움직였고, 몸은 비눗방울처럼 투명했다. 작은 사람처럼 보인다고 할 수도 있겠지만, 정확한 정체는 알 수 없었다. 그것은 그 어떠한 단어로도 설명할 자신이 없었다.

'뭐…. 뭐지?'

본능처럼 하얀 무언가를 쫓았다. 그건 단순한 도전 정신도, 막연한 호기심도 아니었다. 신비한 모험이 그 끝에 있을지도 모른다는 기대, 그리고 설명할 수 없는 고양감이 온몸을 휘감은 탓이었다.

바다 깊은 곳, 시야가 닿는 가장 어두운 자락에 이끼로 덮인 거대한 문이 눕혀져 있었다. 하얀 돌로 만든 문은 설명할 수 없는 신비한 기운을 뿜어내고 있었다. 그 순간, 목에 걸려 있던 반지에서 빛이 나기 시작했다. 점차 빛의 밝기가 커져만 갔고, 도저히 눈을 뜰 수조차 없었다. 반지의 빛이 점점 사그라드는 것이 느껴지자, 눈을 천천히 떴다. 어느새 나는 정체 모를 낯선 해변 위에 있었다.

"여…. 여기가 어디야?"

지금 내가 있는 곳은 대부도의 해수욕장이라고 부르기에는 덧없고 처량했다. 사람 그림자 하나 없었고, 바닷바람만이 모래 위를 쓸기만 할 뿐이었다. 해변 바로 앞의 가게들은 오래된 쓰레기 더미처럼 방치된 채, 앙상하게 서 있었다. 한마디로 말하자면, 아름다움을 포기한 듯한 버려진 도시 같았다. 이곳 사람들도 그걸 알고 있는 걸까. 아무리 알록달록한 페인트로 건물 외벽을 군데군데 덧칠했어도, 이 도시 특유의 낡고 바랜 느낌은 지워지지 않았다. 도시 전체는 계단처럼 층층이 지어져 있었고, 그 위로 언덕 하나가 우뚝 솟아 있었다. 언덕 꼭대기에는 작지만, 선명하게 보이는 낡은 시계탑이 보였다. 그리고 그 뒤로는 희미한 초록빛 무언가가 어렴풋이 일렁였다.

"여긴 대부도가 아냐…!"

대부도 해수욕장은 나의 발이 닿지 않은 곳이 없을 정도로 익숙한 공간이었다. 그런데 지금 내 앞에 펼쳐진 이 해변은, 그 어떤 기억과도 닿아 있지 않는 생소한 곳임을 본능적으로 깨달았다.

젖은 몸을 일으켜 해수욕장 입구로 향했다. 해수욕장 입구는 플라스틱 빨대로 만든 것처럼 보였다. 신기한 시선으로 기둥을 보던 중, 바닥이 눈에 들어왔다. 매끈하게 잘라 만든 돌바닥에는 해수욕장의 이름이 적혀 있었다.

"아티카 해수욕장…? 대부도에 그런 해수욕장이 있었나? 분명, 없던 것 같은데. 아니. 확실히 없었어."

가까이서 보니, 이곳은 재활용 쓰레기를 붙여 만든 것임이 분명했다. 그 모습은 마치 정체를 알 수 없는 조형물 같았다. 해변 근처 도로에는 사람 한 명 지나가지 않고, 주차된 차 한 대조차도 없었다. 그야말로 버려진 도시였다.

그럼에도 눈에 띄는 점이 있었다. 바로 한국에서는 드물지만, 일본에서는 흔한 노면전차의 레일이 도로 중앙에 있다는 점이다. 13년 동안 대부도의 산골 보육원에서 마치 새장 속 새처럼 갇혀 지냈던 나에게, 이곳의 이국적인 풍경은 한없이 낯설고 신기했다. 그래서였을까. 왠지 모르게 발걸음이, 더 깊은 곳으로 향했다.

도로를 따라가 보니, 상점가가 보였다. 주변 가게는 모두 사람들로 붐볐다. 이곳은 나에게 신기한 설렘을 주었지만, 혼자 넓은 도시에 있다는 생각에 마음 한편에는 공포가 자리 잡고 있었다. 그러던 순간, 이곳이 버려진 도시가 아님을 깨닫자 두려움이 서서히 사그라들어 갔다.

안심이 채 가시기도 전에, 가게 문을 열고 나온 사람들을 보고 소름 끼치는 놀라움이 밀려왔다.

"으악!"

외마디 비명과 함께 다리가 휘청여 주저앉았다. 그 모습을 본다면 누구라도 내 반응을 이해했을 것이다.

'사…. 사람이 맞나? 아니, 저걸 사람이라고 볼 수가 있기는 해?'

길을 걷던 그들은 바다 거북이의 얼굴을 하고 있지만, 몸은 사람의 형태를 하고 있었다. 그들이 나를 지나칠 때, 오히려 나의 반응을 이상하게 여기는 듯한 눈빛으로 보았다. 나는 그들이 시야에서 사라질 때까지 신기하고 놀라운 눈빛으로 바라보았다. 그러던 중, 누군가 내 앞에 멈춰 섰다. 그는 단호한 목소리로 가르치는 듯이 말했지만, 그 속에 숨겨진 배려가 담겨 있었다.

"그렇게 아티카인을 뚫어져라 보는 것은 실례일 수도 있습니다."

서둘러 고개를 돌려 그의 얼굴을 보며, 변명을 섞은 사과를 했다.

"아, 잘못했습니다. 제가 여기 처음 와서…요."

어릴 적, 형들에게 맞으면서 배운 건 단 하나였다. 잘못을 늦게 인정하면 더 많이 맞는다는 것. 그래서인지 나는 무의식적으로 빠르게 사과하는 버릇을 들였다. 맞는 건 여전했지만, 그 차이는 어린 나도 느낄 만큼 뚜렷했다. 덕분에 예의와 존댓말, 잘못을 인정하는 법을 일찍 익혔다. 이걸 장점이라 해야 할지는 잘 모르겠다.

그는 나의 사과를 받아주며 미소를 지었다. 내 앞에 선 이들은 이십 대의 젊은 부부였다. 두 사람은 어디선가 본

적이 있는 듯한 착각이 들 만큼 친근한 얼굴을 하고 있었고, 훈훈하고 아름다운 선남선녀였다. 남성의 아내가 말했다.

"여기에 처음 왔다고 하니까, 우리가 안내해 주는 거 어때?"

갑작스러운 그녀의 말에도 그는 침착하게 말했다.

"아…. 그럴까? 어차피 시간도 남고 하니까. 괜찮을 것 같은데?"

남편은 아내의 말에 고개를 끄덕이며 동의했다. 보통의 사람들은 미아를 보거나 하면 경찰관이나 공무원에게 인솔하지만, 두 사람은 착한 심성인 탓인지 본인들이 솔선수범하기로 한 것 같았다.

남편의 긍정적인 답변에, 젊은 여성이 나에게 해맑은 미소가 담긴 손길을 내밀었다.

"저희가 여기 안내해 줘도 될까요?"

"아, 네."

어릴 적부터, 모르는 사람을 따라가지 말라는 교육을 수도 없이 들었다. 하지만 이상하게도, 두 사람은 전혀 수상하게 느껴지지 않았다. 오히려 익숙했다. 보육원에 종종 오던 자원봉사자들과 비슷한 따뜻함이 느껴졌기 때문이다. 그래서 나는, 망설이지 않고 그녀의 손을 잡았다. 햇빛이 닿은 듯 따뜻하고 부드러운 손이었다.

버려진 도시, 아티카

2장

 젊은 부부의 안내를 받는 아티카 여행이 시작되었다. 어색하고 낯선 분위기를 풀기 위해, 남성이 먼저 자기소개를 했다.

 "아, 우리 소개를 안 했네요. 저는 이금이라고 해요. 제 옆에 있는 사람은 저의 아내인 김민정이라고 해요."

 "반가워요. 김민정이라고 해요. 이름이 뭐예요?"

 "아, 안녕하세요. 제 이름은 이선이라고 합니다."

 인사를 나누어도 어색한 공기가 산들바람을 타고 주변을 곁돌았다. 이금 씨는 어색함을 걷어내기 위해, 하나의 제안을 내놓았다.

 "아, 우리 말 편하게 하는 거 어때요? 괜찮아요?"

 "아, 네. 저는 좋아요."

내가 고개를 끄덕이자, 김민정 씨는 손뼉을 치며 한껏 들뜬 목소리로 말했다.

"그러면 선이는 우리한테 누나, 형이라고 부르면 되겠다! 그치?"

"아, 네!"

다른 사람이 함부로 말을 놓는다고 했었다면 불편했겠지만, 두 사람이라 그런지 이상하게 마음이 편했다. 그때, 한 옷 가게 앞을 지나치게 되었고, 민정이 누나가 금이 형을 멈춰 세웠다.

"자기야, 잠깐만!"

"음…? 왜?"

금이 형이 대답했다. 민정이 누나는 갑자기 나를 뚫어져라 보더니, 이내 금이 형에게 한마디 했다.

"근데, 저러고 다니게 할 수는 없지 않아?"

"아, 그렇긴 하지."

순간, 대답하던 금이 형과 눈이 마주쳤다.

금이 형이 넌지시 나에게 물어보았다.

"선아, 상의가 없니?"

금이 형의 말에 뒤늦게 상의를 벗고 있었다는 걸 깨달았다. 처음 보는 사람들 앞에서 이런 꼴이라니, 얼굴이 달아올랐다. 나는 어색하게 웃으며 대답했다.

"아. 하하하. 네…. 없어요."

나의 대답을 들은 민정이 누나가 해맑게 웃더니, 한마디를 남기고 옷 가게 안으로 뛰어 들어갔다.

"그러면 우리가, 옷 사 주자!"

"선아, 미안해. 누나의 소원이, 아들 생기면 옷 사 주고 싶어 하는 거였어. 누나의 그런 마음을 이해해 줄 수 있겠니?"

금이 형이 너그러운 목소리로 말했다. 솔직히 말해서, 나는 두 사람의 마음을 온전히 이해할 수 없었다. 나는 부모가 되어본 적도, 누군가의 자식으로서 따뜻한 사랑을 받아본 적도 없었기 때문이다. 누군가가 아무 대가 없이 나를 위하는 일조차, 처음이었다. 그래서일까. 그 따뜻함이 오히려 낯설고 부담스러웠다. 그럼에도 나는 고개를 끄덕이며 순한 목소리로 대답했다. 마치 정말 이해하고 있다는 듯이 말이다. 그게 내가 지금까지 보육원에서 살아남은 방식이었다.

"네! 당연하죠!"

옷 가게에 들어서자, 생각보다 상태가 좋은 옷들이 많아 놀랐다. 이곳의 건물들은 플라스틱 빨대로 만들어진 전봇대와 여러 종류의 알루미늄 캔으로 만든 건물로 가득했다. 그런 건물들이 재활용 쓰레기로 만든 건물이라는 느낌을 주지 않기 위해 형형색색의 페인트로 덧칠했다는 것을, 초등학생인 내가 봐도 알 수 있었다. 아무리 감추려고 해도 여러 회사 이름이 떡하니, 보였으니 말이다. 그러다 보니 가게 안 옷들도 건물들처럼 버려진 것들일까, 걱정이 들었지만 의외로 새 옷처럼 상태가 좋았다. 생각해 보니, 도시에서는 쓰레기 냄새가 거의 나지 않았다. 형형색색의 건물들이 도시를 생동감 넘치게 만든다는 걸 그제야 깨달았다. 나는 지금껏 도시를 편협하게만 바라본 나 자신을 반성했다.

 민정이 누나는 가게 안에서 콧노래를 부르며 옷을 고르고 있었다. 이미 그녀의 팔에는 몇 벌의 옷이 걸려 있었다. 진짜 아들도 아닌 나에게 옷을 사 주는 것이 뭐 저리 신나는지 알지 못하겠다. 그녀의 팔에 걸려 있는 옷자락들이 내심 좋으면서도 부담스러웠다. 그 마음도 잠시, 무슨 옷들이 진열되어 있을지에 대한 호기심으로 가게에 걸린 옷들을 살펴보았다.

 "선아, 마음에 드는 옷 있니?"

 금이 형이 조용히 내 옆으로 와, 말했다.

"어…. 지금 보고 있어요!"

조심스레 가격표를 들여다보고 있던 나는 뒤에서 들려온 목소리에 놀랐지만, 티 내지 않았다. 보육원에서는 내가 원하는 옷을 입기보다는 창고에서 맞는 크기를 골라 입거나, 형들이 입던 옷을 물려받는 게 전부였다. 그런 내가 옷 가게 한가운데 서서 가격을 본다니, 어색하기 짝이 없었다. 숫자 몇 개가 적힌 종이가 이렇게 무겁게 느껴질 줄은 몰랐다. 무엇보다 가난한 환경 탓에, 옷에 붙어 있는 숫자 하나하나가 사악한 가격으로 보였다. 내가 원하던 옷은 생각보다 비쌌다. 그래서 그런지 생판 모르는 남에게 저 옷을 입고 싶다는 말을 내뱉기란 쉽지 않았다.

계산대 앞에 선 민정이 누나를 보며, 나는 조용히 옆으로 다가갔다.

"선아, 마음에 드는 옷이 없었어?"

"아, 네. 딱히 마음에 드는 옷이 없더라고요."

민정이 누나는 나의 말에 수긍하고 자신이 고른 옷들을 결제했다.

"그래? 저, 그러면 이거 전부 결제해 주세요."

언뜻 보아도 옷은 꽤 많았다. 상의는 못해도 다섯 벌, 하의는 네 벌 정도가 계산대에 놓여 있었다. 민정이 누나는 결제한 노란색 민소매를 나에게 내밀며 말했다. 민소매의 앞에는 로봇 모양의 그림이 그려져 있었다.
"선아, 이거 입어봐!"
"아, 네."
엉겁결에 그 자리에서 바로 입었다. 그러자, 두 사람은 마치 처음 자식에게 옷을 입히는 부모처럼 환한 미소를 띠었다.
"선아, 정말 잘 어울린다!"
"인물이 좋아서 뭘 입어도 멋진데?!"
두 사람은 손뼉 치며, 감탄했다. 갑작스러운 칭찬과 주목에 부끄러웠지만, 마냥 지금의 상황이 싫지는 않았다.
옷 가게를 나와 아티카 도심으로 발걸음을 옮기자, 금이 형이 아티카에 관한 이야기를 꺼내었다.
"선이는 아티카에 대해 얼마나 알고 있니?"
"할머니들이 말해주시긴 했는데, 잘은 몰라요."
금이 형은 한 손으로 턱을 감싸며 말했다.
"흠…. 어디서 이야기해야 할지 잘 모르겠네. 가장 기초적인 아티카에 대한 역사부터 알려줄게."
솔직히 말하면, 지루하기 짝이 없을 거라는 생각이 들어서 듣고 싶지 않았다. 학교에서도 역사를 비롯한 공부가 지루하게만 느껴져, 수업마다 잠을 자거나 교과서에 낙서했었다. 그럼에도 두 사람이 나에게 베푼 호의를 갚기 위해서라도 자세히 듣기로 했다.

"아, 네."

금이 형은 천천히 이야기를 꺼내기 시작했다.

"지금으로부터 대략 200년 전이었을 때, 신이 제 수명대로 살지 못하고 죽는 해양 생물들을 안타까워하셨단다. 그래서 신은 인간의 지성, 그리고 인간 신체 일부분과 원래 수명을 해양 생물들에게 다시 주었단다. 그렇게 새로운 삶을 얻은 해양 생물들에게 신은 해저 속 지하도시 공간을 만들어 주셨단다. 그 공간에 해양 생물들이 도시로 발전시켜 지금의 아티카라는 도시가 지어졌고, 이곳에서 사는 이들은 모두 아티카인이라는 이름 아래에 모이게 되었단다."

설명하는 금이 형의 말투에서 원장님 어투가 느껴졌다. 나는 이를 단순한 착각이라고 여기던 찰나, 형이 나에게 한 가지 질문을 던졌다.

"선이도 여기 올 때, 하나의 문을 지나지 않았어?"

"아…. 아!"

곰곰이 생각하다가, 반지가 빛나기 직전에 봤던 문이

떠올랐다.

"근데, 지난 것은 모르겠지만 보기는 했어요."

금이 형은 나의 대답을 듣고 그 문이 무엇인지 아는 것 같았다.

"흠. 그래? 그러면 아마, 선이가 본 문은 홍살문일 거야."
"아, 홍살문이요? 그게 뭐예요?"

금이 형이 홍살문에 대해 말하려던 찰나, 민정이 누나가 끼어들어 대신 설명해 주었다.

"홍살문은 안과 밖으로 구분되어 있어. 안은 신성한 곳을 뜻하는 신계, 밖은 인간 세상을 뜻하고 있지. 그러나 아티카는 조금 의미가 달라. 안은 죽은 생명만이 올 수가 있는 아티카의 세상이고, 밖은 인간 세상으로 구분하고 있어. 선이가 아티카에 왔다면, 우리처럼 홍살문을 지나서 오게 된 것일 거야."

'아, 그러면 그게 홍살문이었구나.'

그제야 나는, 바닷속에서 본 문과 대부도 해변의 할매 바위와 할아배 바위 사이에 있는 문이 홍살문임을 깨달았다.

누나의 말이 채 끝나기도 전에, 우리는 어느새 아티카 해변의 또 다른 입구에 다다랐다. 붉은 홍살문 앞에 멈춰

선 금이 형이, 천천히 몸을 돌려 말을 건넸다.

"아티카는 주기적으로 사라져. 그때마다 아티카인도 사라지고 다시 생겨. 현재 아티카는 한국에 생겨서 홍살문이 두 세계를 이어주는 역할을 하는 거야. 만약, 다른 국가면 홍살문이 아니라 다른 문이 그 역할을 할 거야. 일본으로 치면 '토리이(とりい)'가 있겠지?"

"아하…."

우리는 해변을 떠나, 건물들이 빼곡히 들어선 상가 거리로 갔다. 상가 입구에는 거대한 홍살문이 서 있었다. 그 앞에는 상가를 수호하는 듯, 위풍당당한 모습의 천하대장군과 지하여장군이 자리하고 있었다.

입구에 들어서자, 금이 형이 나에게 말을 걸었다.

"선아, 여기가 아티카 해변의 중심가야."

상가에서 가장 눈에 띄는 것은 나무로 만든 다리였다. 다리 밑으로 맑고 청량한 바닷물이 흐르고 있었고, 그 너머에는 상점가와 아티카인들이 있었다. 상점들은 전부 여러 쓰레기를 붙인 창고 형태로 되어 있었다. 나는 이곳에 처음 발을 들일 때부터 가지고 있던 궁금증 중 하나를 금이 형에게 물어봤다.

"형, 근데 여기는 전부 쓰레기를 재활용해서 건물을 지은 느낌이 드는데, 제 착각인가요?"

"하하, 맞아. 선이가 생각하는 게 맞아."

금이 형이 멋쩍은 웃음을 지으며 대답했다. 금이 형은 상점가와 아티카인의 사이를 지나치면서 말을 이어갔다.

"이곳 아티카는 인간이 바다에 버린 쓰레기를 가지고 재활용해서 만들었어. 아까 내가 말했지? 아티카는 주기적으로 사라지고 다시 생긴다고. 아티카는 사라지고 생기기를 반복하면서 그때마다 새롭게 지어져야 해서 그래."

그때 민정이 누나가 나의 손을 잡으며 남은 설명을 이어갔다. 남들의 눈에는 우리가 화목한 가족처럼 보였을 것이다. 내가 가운데 서 있고, 두 사람이 양옆에서 따뜻하게 내 손을 잡아주고 있었으니까.

"아티카인은 인간 세계의 물건들을 함부로 가져올 수 없어. 인간 세계의 물건에 손을 대려고 해도 통과가 되어서 잡을 수조차 없지. 우리가 잡을 수 있는 물건은 인간들이 버린 쓰레기들 한에서만이야. 그래서 이 세계가 전부 쓰레기를 재활용한 느낌이 드는 거야."

민정이 누나는 말하면서 내 머리카락에 붙은 소금을 조심스레 털어주었다. 그 소금은 바닷물이 마르면서 생긴 것이었다.

바람이 따뜻해서였을까, 아니면 두 사람의 손이 따뜻해서였을까. 그저, 이상하리만큼 편안했다. 나는 두 사람 사이에 있다는 사실만으로 마음이 놓였다. 이 순간이 오랫동안 지속되길 바라는 마음으로.

"근데요…. 그러면 저 죽은 건가요?"

한순간 따스하게 불던 바람은 순식간에 차가운 바닷바람으로 바뀌고, 소금기가 묻어났다. 두 사람은 내 말을 듣고 두 눈을 동그랗게 뜨더니, 놀라 동시에 같은 말을 내뱉었다.

"뭐?!"

두 사람은 당황한 나머지, 손발을 어색하게 맞춰 걷기 시작했다. 그 모습이 너무 웃겼지만, 동시에 두 사람의 반응이 당황스러워서 당장 어떤 말을 해야 할지 감이 잡히지 않았다.

이 순간, 가장 먼저 입을 연 사람은 금이 형이었다. 그는 빠른 사실 확인을 위해 몇 가지 질문을 한꺼번에 던졌다. 그의 말에서 수많은 감정이 느껴졌다. 그중에서도 당혹스러워하는 감정이 제일 많이 느껴졌다.

"어? 살아 있니? 어…. 어떻게? 죽은 거 아냐? 여기는 어떻게 온 거야? 아니, 애당초 살아 있는데 올 수는 있나?

그럴 수 있나? 여기는 죽어야 올 수 있는데? 어…?"

그의 말에 질문과 혼잣말이 여럿 섞여 있었다. 그동안 침착한 모습을 보였던 그가 처음으로 당황스러운 감정을 표출한 순간이었다. 그사이, 감정을 진정시킨 민정이 누나가 금이 형의 질문을 차근차근 정리해서 말해주었다. 이전과는 다르게 그녀의 말투에 경상도 억양이 스며 있어, 모든 감정이 아직 진정되지 않았음을 본능적으로 느낄 수 있었다. 서울 사람일 것으로 생각했던 민정이 누나가 경상도 사람이었다는 것을 알게 된 순간이기도 했다.

"선아, 안 죽은 거 맞아? 정말로?"

"어…. 그게 저도 잘 몰라요."

두 사람이 당황하며 말하자, 덩달아 나도 같이 당황했다. 잠깐 생각이 멈추었지만, 정신을 차리고 조심스레 상의 안에서 반지 목걸이를 꺼내며 지금까지의 일을 이야기했다.

"바다에 놀러 왔다가, 잠수했는데요. 바닷속에서 하얀 무엇인가가 막 이끼가 잔뜩 낀 홍살문으로 들어가는 것을 봤어요. 그러다가 갑자기 반지에서 막…! 빛이 나기 시작했어요. 너무 빛나서 눈이 아팠거든요? 그러다가 눈을 떠보니 여기였어요. 그게 다예요."

두 사람은 내 말을 듣고 잠시 어이없어하며, 서로를 바라보았다. 나도 잘 안다. 내 설명이 이상하다는 것을. 그래서 두 사람이 저런 반응을 하는 것도 크게 이상하지 않았다.

"그…. 반지, 어디서 샀어?"

민정이 누나는 최대한 감정을 드러내지 않으려 했지만, 그녀의 목소리에서 떨림이 느껴졌다.

"아, 이거 부모님 유품이에요."

금이 형은 민정이 누나의 어깨를 두 손으로 감싸며 그녀의 떨리는 몸을 붙잡아 주었다. 그는 최대한 태연한 척, 나에게 질문했다.

"선아, 혹시 부모님 얼굴은 본 적이 있니?"

형의 말에 반지를 만지작거리며, 아무렇지 않게 대답했다.

"아뇨. 안 봤어요. 볼 기회가 있었는데, 제가 안 본다고 했어요."

"아, 왜? 왜 안 본다고 했니?"

금이 형은 내가 왜 이런 결정을 내렸는지 이해하지 못하는 것 같았다. 보통의 사람들이라면, 부모님의 얼굴을 보는 결정을 했을 것이다. 그러나, 나는 그렇지 않았다. 나를 이해하지 못하는 형에게 내 선택에 대해 말해주었다.

"그냥…. 보기가 싫었어요. 사실 저도 잘 몰라요. 보고 싶기는 했는데, 보면 원망할 것 같고 그리울 것 같아서요. 솔직히 잘 모르겠어요. 제가 왜 안 보는 선택을 했는지요. 그냥 그때에는 얼굴까지 보면, 안 될 것 같다는 느낌이 들어서요."

"아, 그렇구나."

금이 형의 대답을 뒤로 잠깐의 침묵이 우리 사이를 감돌았다. 지금도 부모님의 얼굴이 담긴 사진을 원장님이 보여주신다고 하셨을 때, 안 보려 했던 이유를 잘 알지 못한다. 마음속에서 그 사진까지 보면, 앞으로 지옥과도 같은 보육원을 살아가는 데에 있어서 버틸 수 없을 것 같은 기분이 들어서 안 봤던 것일 수도 있다.

"우리, 이제 거기 갈까?"

짧은 침묵이 무겁게 느껴지려던 찰나, 금이 형이 입을 열었다. 나는 자연스럽게 숨 막혔던 침묵을 깨기 위해 작은 호응을 했다.

"어디로요?"

"그건…. 가보면 알아. 선이도 좋아할 거야."

금이 형은 자신감을 내비친 미소를 지었다. 그의 미소

에는 어린 내가 보아도 그리움이 담겨 있다는 것을 알 수 있었다. 두 사람이 왜 당황하고 떨었는지 모르겠지만, 굳이 캐묻지 않았다. 다시금 우리들 사이에 침묵이 감돌 것만 같았기 때문이다.

두 사람과 함께 오르막길에 올랐다. 언덕을 넘어가니, 노면전차를 탈 수 있는 정류장이 보였다. 우리는 전차에 올라탔다. 재활용 쓰레기로 만든 도시라는 이름과는 다르게 전차는 투박하게 덜컹거리지 않았다. 오히려 새로 만든 것처럼 부드럽고 편안하게 움직였다. 금이 형이 움직이는 전차 안에서 아티카의 역사에 대해 설명하기 시작했다.

"선아, 원래 이곳은 아무것도 없는 공터였단다. 그저 해저 속에 생긴 텅 빈 곳에 불과했지. 그러던 1913년에 홍살문을 통해 오신 아티카인 1세대 분들이 아무것도 없는 해저 안에서 도시 계획을 세우셨단다. 어때? 신기하지?"

"와…."

전차 안에서 금이 형의 설명을 들으며 아티카 전경을 바라보았다. 솔직하게 말하자면, 아름다운 풍경에 정신이 팔려 형의 설명은 거의 듣지 못했다는 건 비밀이다. 인도 위에서 본 아티카는 단지, 쓰레기로 지어진 단순한 건물들이 본연의 모습을 감추기 위해 여러 색을 덧칠한 엉망진창 도시라고밖에 생각하지 않았다. 이러한 내 생각을, 전차를 타고 올라가며 펼쳐진 풍경이 비웃는 듯했다. 노을빛에 물든 형형색색의 건물들이 마치 한 폭의 명화처럼 눈앞에 펼쳐졌다. 옥상과 지붕의 벗겨진 페인트 사이로 철판들이 빛을 반사해서 다이아몬드처럼 반짝였다. 해수면을 보는 듯한 착각이 들었다.

 전차가 건물 사이를 달릴 때마다, 내가 경험하지 못한 새로운 세계에 발을 내딛는 기분이 들었다.

 "아름답지? 이 모든 도시 계획은 유장춘 박사님이 세우셨단다. 아티카가 이렇게까지 성장할 수 있게 만들어 주신 장본인이시지. 건물이 비록 쓰레기들을 재활용해서 만들었다고 할지언정, 마지막은 창대하길 바라는 마음을 담아서 모든 건물의 지붕의 빛 반사 궤도를 계산해서 일부로 페인트를 벗기셨다고 해."

 아티카의 경치에 빠져 있다 보니, 노면전차는 오르막길을 오르고 있었다. 가파르게 올라가는 끝날 기미가 보이지 않는 경치가 눈에 익을 때쯤, 아티카에서 가장 높은 곳에 도착할 수 있었다. 전차에서 내려 낡은 시계탑 뒤를 돌아보니, 홍살문과 거대한 나무가 있는 광장이 펼쳐졌다.

광장에 덩그러니 있는 거대한 나무는 멀리서 보아도 그 크기에 압도당할 것만 같았다.

"이 나무는 아티카의 당산나무란다. 쉽게 말하면, 아티카를 지켜주는 수호목이라고 생각하면 돼. 유장춘 박사님이 플라스틱과 버려진 나무들로 만드셨지."

살랑살랑 부는 바람이 플라스틱으로 만든 나뭇잎 사이를 스치자, 캐스터네츠 같은 청량한 소리가 들려왔다. 두 사람에게 그러면 안 된다는 말을 들었지만, 나의 시선은 자연스레 당산나무 아래에서 쉬거나 놀고 있는 아티카인에게 눈길이 갔다. 신체 일부분이 생선의 모습을 하고 있거나, 몸 전체가 범고래처럼 생긴 아티카인도 있었다. 처음 그들을 봤을 땐, 거부감이 먼저 들었다. 어떻게 반응해야 할지 몰라 눈을 피하곤 했지만, 이젠 아니다. 그들의 모습이 더 이상 이상하지 않다. 그저, 이곳의 자연스러운 일부로 느껴질 뿐. 이제는, 나도 이곳에 익숙해진 것일지도 모른다는 생각이 들었다.

"선아, 여기!"

민정이 누나가 전차 정류장에서 다급히 나를 부르며 손짓했다. 누나의 옆으로 가니, 방금까지 은색으로 빛나던 아티카의 모습이 노을빛을 받아, 파스텔로 칠한 듯한 느낌을 주었다.

"우와…. 예쁘다."

이번엔 내 옆에 서서 경치를 구경하던 민정이 누나가 아티카에 관한 설명을 해주었다.

"선아, 저 위를 좀 볼래?"

"네?"

하늘을 올려다보았다.

"에?!"

나는 지금까지 아티카가 인간 세상과 크게 다르지 않을 거로 생각했다. 그러나 그런 내 생각이 가소롭다는 듯, 아티카의 하늘에는 동쪽에서 서쪽까지 두 줄로 나란히 열두 개씩 전구가 놓여 있었다. 그중 왼쪽 줄에 있는 열일곱 번째의 전구에서 태양처럼 강렬한 노란빛을 뿜어내고 있었다. 아티카에서 태양의 역할을 전구가 하는 듯 보였다. 구름은 거대한 천에 정성스레 그려진 그림 같았다.

"아티카의 하늘에 있는 전구는 실제 태양의 위치에 맞춰 켜지거든. 노을이 질 때는 낮에 켜져 있던 하얀 전구가 꺼지고, 서쪽의 노란 전구가 켜져서 이렇게 아름다운 아티카의 모습을 만들어 줘. 반대로 해가 뜨는 아침에는 동쪽 제일 첫 번째 전구가 켜지고. 달도 마찬가지야. 꺼져 있는 다른 한쪽의 전구들은 달을 의미하거든."

"더 자세히 보면, 하늘은 아티카를 덮고도 남을 천 위에 그린 거야. 시간에 따라 동쪽에서 서쪽으로 천막을 접으면 밤과 낮이 바뀌어. 그리고 인간 세계에서 비가 오면 아티카의 천장도 먹구름 그림으로 바뀌고 비가 온다? 어때? 신기하지?"

민정이 누나의 말에 감탄을 금치 못했다. 아티카는 내가 생각했던 것보다 훨씬 더 고도의 문명을 이룩했고, 꼼꼼하게 설계된 곳임을 다시금 깨닫게 되었다.

"형, 누나. 근데 아티카인들은 그냥 사람 모습에, 신체부위가 없거나 한 곳이 동물인 사람들이 많잖아요. 게다가 몸 전체가 동물인데 행동이 사람인 아티카인도 있잖아요. 왜 그런 거예요?"

내 질문에 두 사람은 잠시 당황한 듯했다. 당장은 말해주기 곤란한 것 같았다. 금이 형이 황급히 주제를 바꾸려 했다.

"아, 어…. 나중에 형이 말해줄게. 아, 맞다! 선아. 아티카 운하가 야경이 예쁜데, 보러 가지 않을래?"

"응, 응! 선이도 보면, 분명 좋아할 거야!"

민정이 누나는 그의 말에 힘을 실어주려는 듯 멋쩍게

웃으며 말했다. 어린 나이임에도 보육원 생활 덕분에 눈치가 빨랐던 나는, 두 사람의 미묘한 반응을 금세 알아챘다. 조금 민망했다. 괜히 말을 꺼낸 건 아닐까, 더 묻는 건 무리겠다는 생각이 들었다. 그때, 노을을 보던 내 앞에 무언가 스쳐 지나가자 나는 두 사람에게 소리쳤다.

"아! 근데 여기에서 밖의 세상으로 어떻게 나가요?"

내가 갑자기 소리치자, 두 사람은 화들짝 놀란 채로 잠시 얼어붙었다. 두 사람에게 놀란 기색이 스쳤지만 그리 오래가지는 않았다. 금이 형은 내가 질문한 이유를 알기 위해 차분한 목소리로 말하였다.

"그냥 아무 홍살문 앞에 서서, 가고 싶은 홍살문을 생각한 채로 지나가면 된단다. 왜 그러니?"

금이 형의 말을 들은 나는 살기 위해 광장에 있는 당산나무 앞 홍살문을 향해 뒤도 안 돌아보고 달려갔다.

홍살문 앞에 다다르자 두 눈을 감고 기도를 드렸다.

'제발, 보육원 근처 홍살문이나 내가 들어왔던 바닷속에 있는 그 문이라도 제발! 늦으면 형들한테 맞는다고요!'

기도를 끝낸 후, 크게 심호흡하고 다시 눈을 감았다. 간절한 마음으로 홍살문 너머를 향해 한 걸음 내디뎠고, 땅에 발이 닿자 천천히 눈을 떴다.

"아…."

두 눈에 초점이 잡혔을 때, 주변 풍경은 전혀 달라지지 않았다. 믿고 싶지 않았다. 이게 현실이라는 사실이. 보육원에서 규칙을 어긴다는 건, 단순한 잔소리로 끝나는 일이 아니었다. 만일, 내가 규칙을 어겼다는 소식이 형들의 귀에 들어가면 상황은 많이 나빠진다. 잔소리와 가벼운 벌로 끝내는 원장님과는 달리, 형들은 규칙을 바로잡는다는 이유로, 오랫동안 나를 벌주고 때렸다. 그래도 이 정도까지는 괜찮았다. 나 혼자만 감당하면 그만이었으니까. 문제는 내가 한 잘못으로 고등학교 3학년 형이 전부를 모아 체벌을 시작하면, 고등학교 2학년 형도 이어서 집합시키고 또 체벌한다는 것이다. 마치 복수의 이어달리기처럼, 분노가 담긴 바통을 한 살 터울 아래 동생에게 넘겨주는 듯 말이다. 처벌의 끝은 늘 방 안에서 동생들과 또래들의 짜증 섞인 눈빛을 받는 거였다. 나는 형들을 원망하면서도 그들이 왜 그렇게 했는지는 이해할 수 있었다. 공포 없이는 같은 잘못이 반복되고, 결국 그 피해가 자신들에게 돌아오기에. 그러다 보니, 이곳에서는 체벌이 당연한 일로 받아들여졌다. 슬프게도, 이것이 보육원생들 간의 규칙이자 전통이었다.

　무단 외박을 하면 형들로부터 체벌을 피할 수 없다는 것은 명백했다. 체벌에 대한 두려운 마음에 다급하게 홍살문을 여러 차례 넘었다. 살기 위한 간절함이 있었지만, 상황은 좀처럼 변하지 않았다.

　좌절감에 휩싸여 보육원에서 받을 체벌을 걱정하고 있던 그때, 금이 형이 조심스레 다가와 어깨를 토닥이며 말했다.

　"잘 안되니?"

　"네…. 저는 망했어요."

　좌절하고 있는 나를 두 사람이 아무 말 없이 따뜻하게 안아주었다. 그들의 품에 안겨 한동안 고요히 있으면서 여러 생각이 스쳐 지나갔다.

　'그래. 그냥 평생 보육원에 가지 말자. 이제 가도 늦었어. 어차피 맞는 건 똑같아. 아니면 그냥 이대로 여기에 있으면….'

　초등학생인 우리들은 항상 단체로 벌을 서거나 맞는 일이 일상이었다. 그러다 보니, 항상 아이들과 보육원에서 탈출할 생각을 자주 했었다. 주말에 툭하면 보육원에서 도망치기 위해 산속으로 담요와 버려진 소파를 힘겹게 끌고 와서 아지트를 만들기도 했었다. 힘겹게 만든 아지트를 보며 우리는 이렇게 말했다. "오늘 밤, 보육원에서 도망가자! 다들 여기로 모이는 거야!" 매번 이렇게 보육원에서 도망치는 계획을 세웠지만, 막상 밤이 찾아오면 탈출 계획은 저녁 식사와 함께 소화되어 사라졌다.

'그래. 여기에 있자! 평생 여기에 있자!'

추운 겨울에 혼나서 보육원 공중화장실 난로 앞에서 추위를 떨며 잠을 자야 했던 날이 있었다. 여름날에는 담당 사회복지사 선생님의 식사 금지령과 베란다 생활 명령으로 굶주린 채로 학교 급식으로만 연명했던 적도 있었고, 베란다에서 일상을 보내는 것이 너무 힘이 들어 새벽에 몰래 옥상에 올라가 안 좋은 생각을 했던 적도 많았다. 죽기 무서워서 포기했지만, 그런 생각을 자주 했었다.

이처럼 어떤 형태로든 보육원 탈출을 꿈꾸었던 나에게 지금의 기회는 신이 준 것만 같았다. 나는 그 기회를 잡아야 했다. 굳은 다짐을 한 채로 두 사람의 품에서 빠져나와 활기찬 목소리로 말했다.

"아티카 운하 보러 가요! 엄청! 기대돼요! 얼른 보고 싶어요!"

죽상이었던 내 얼굴이 순식간에 빛을 되찾자, 두 사람

은 순간 멈칫했다. 이해보다는 놀람이 앞섰지만, 그 표정은 곧 따스한 미소로 바뀌었다.

"그래!"

두 사람은 내가 왜 갑자기 이런 반응을 보이는지 묻지 않았다. 아마, 어른의 감으로 눈치챈 것 같았다. 우리는 손을 꽉 잡고 함께 전차를 타러 갔다. 아티카 운하는 해변과 근접한 위치에 있었지만, 우리가 있던 광장과는 꽤 거리가 있어 전차를 오래 타야만 했다. 나는 그만 피곤함에 지쳐 전차에서 잠들고야 말았다.

"선아, 일어나렴."

"선아, 운하 보러 가야지!"

두 사람의 솜털 같은 목소리가 나를 깨웠다. 아직 잠이 덜 깬 몸은 금방이라도 쓰러질 듯했지만, 두 사람이 손을 잡고 이끌어준 덕분에 전차 밖으로 나올 수 있었다.

"여기가 아티카 운하란다."

졸린 눈을 비비던 손을 내린 순간, 은하수를 닮은 아티카 운하가 눈앞에 펼쳐졌다. 아름다운 운하의 모습에 졸음은 그 자리에서 순식간에 흩어지고야 말았다.

3장

운하 한쪽에는 창고를 개조한 음식 가게들이, 맞은편에는 사람들이 오가는 인도가 나란히 이어졌다. 끝에는 두 곳을 연결하는 다리가 놓여 있었고, 우리는 그 위에 서서 운하를 바라보았다.

"우와…."

아티카 운하 앞에서 나는 말문을 잃었다. 고요한 해수면 위에 밤하늘의 은하수가 곧게 누워 있었다. 도시의 불빛이 수놓인 운하 위, 배를 탄 아티카인은 은하수를 떠도는 방랑객처럼 보였다.

"안녕하세요!"

아름다운 야경이 주는 설렘에 취해, 배 위에 있던 아티카인들에게 손 인사를 건넸다. 아티카인들은 어린아이의 인사를 웃으며 받아주었다. 어두워서 그들의 얼굴이 잘 보이지는 않았지만, 서로가 주고받는 온기가 별빛처럼 반짝였음은 분명했다.

운하 위를 떠도는 아티카인들을 바라보니, 나도 그 배에 오르고 싶은 마음이 들었다. 내가 배로부터 시선을 떼지 못하자, 금이 형이 웃으며 말했다.

"우리 선이, 배 타고 싶니?"

순간 내 마음이 읽힌 것 같아 부끄러웠다. 그 자리에서 '아니'라고 말하기엔 정말로 배를 못 탈 것 같아, 간절한 눈빛으로 금이 형을 바라보며 고개를 끄덕였다. 민정이 누나는 내 모습에 박장대소했다. 그녀가 행복한 웃음을 짓는 이유를 이해하지는 못했지만, 지금 나에게 있어서 그것은 중요하지 않았다. 금이 형은 미소를 띠며, 한껏 들뜬 목소리로 말했다.

"좋아! 배 타러 가자!"

"네?! 정말요?! 아싸!"

배를 타러 갈 수 있다는 기쁜 소식에 두 사람의 손을 잡고 말했다.

"저희 빨리 가요! 빨리요!"

내가 행복해하는 모습을 보며, 두 사람은 온화한 미소

를 띠었다. 기쁨 속에서도 두 사람이 나를 바라보는 미소가 봉사자들의 평범한 미소랑은 다르다는 이질감이 들었다. 그저 나는 그게 나의 착각이라고 생각하며, 크게 의식하지 않았다. 운하 가게 맞은편에 있는 인도를 걸으며, 배가 있는 선착장을 향해 나아갔다.

"예뻐요. 무지개 위를 걷는 기분이에요."

운하의 거리는 연등 불빛으로 물들어, 마치 무지개가 내려앉은 듯했다. 무지갯빛 안에서 아티카인들이 손끝에서 마술을 부리고, 병뚜껑에 색을 얹고, 노래로 밤공기를 밝히니, 무지개 속을 걷는 이들에게 환상을 심어주었다.

"여보, 우리 이거…."

민정이 누나가 금이 형을 간절히 바라보며 무엇인가를 가리켰다. 그녀가 가리킨 것은 그림을 그려주는 화가였다. 금이 형은 그녀를 보며 미소를 지었고, 나에게 나긋나긋한 목소리로 말했다.

"선아, 화가 선생님한테, 그림 그려달라고 할까?"

"아, 네! 저는 좋아요."

학교든, 보육원에서든 어디를 놀러 갈 때마다 축제의 거리에는 항상 초상화를 그려주는 화가가 있었다. 누구나 자기의 그림을 가지고 싶은 마음이 있다. 우리가 사진보다 그림을 선호하는 이유는, 그림은 사진보다 더 정성과 진심이 들어가 있기 때문이라고 생각한다. 태어나서 누군가에게 정성이 담긴 물건을 받아본 적 없었기에 화가가 그려주는 그림을 받고 싶었다. 내적으로 나도 정성을 받아도 되는 사람임을 느끼고 싶었을지도 모른다.

화가에게 다가가자, 그가 우리를 환하게 반겼다.

"아, 어서 오세요. 저기 앉으시면 됩니다."

수염이 덥수룩한 화가가 가리킨 곳에는 나무 상자 세 개가 덩그러니 놓여 있었다. 어디에 앉아야 할지 고민하던 찰나, 민정이 누나가 말했다.

"선이가, 우리 사이에 앉자. 어때?"

"아, 네."

그녀의 말대로 가운데에 앉았다. 들뜬 마음으로 화가를 향해 미소 짓는 순간, 양옆의 두 사람이 천천히 내 손을 잡았다. 이상하게도 두 사람의 손길이 닿자, 온몸에 힘이 빠져나가 움직일 수 없었다. 왜인지는 나도 잘 모르겠다. 그 순간 화가가 우리를 향해 말을 걸었다.

"가족이세요? 아휴, 가족이면 제가 특별히 더 예쁘게 그려드릴게요."

화가의 말을 듣고 가족이 아니라고 대답하고 싶었지만,

분위기를 망칠까 염려해 그냥 가만히 입을 다물고 있었다. 어쩌면 말하고 싶지 않았을지도 모른다. 그때 금이 형이 화가의 말에 입을 열었다.

"네. 가족이에요. 예쁘게 잘 그려주세요~"

그의 말에 순간 울컥했고, 눈가가 뜨거워지는 게 느껴졌다. 사실, 두 사람과 함께한 시간은 하루가 채 되지도 않았지만, 이분들이 정말 내 부모라면 얼마나 좋을까 하는 생각이 여러 번 들었던 것은 사실이다. 일평생 받아보고 싶었던 부모의 따뜻함을, 그 짧은 시간 안에 느꼈으니까. 하지만 그런 마음이 들 때면, 얼굴도 모르는 친부모 생각이 떠올랐다. 그게 왠지 모르게 죄스러워서, 그때마다 마음속의 바람을 억누르곤 했다.

"자, 다 그렸습니다."

화가는 병뚜껑에 우리의 모습을 그린 그림을 보여주었다. 금이 형은 화가에게 그림값 일만 원을 건넸다.

"우와!"

그림은 사진이라고 해도 될 정도로 매우 정교하게 잘 그려져 있었다. 거리의 알록달록한 빛이 우리의 많은 감정을 그림에 비춰주었다. 특히, 민정이 누나는 한동안 말없이 그림을 바라보았다. 파란 연등 빛이 그림 속 그녀의 눈에 비치니, 마치 눈물이 고여 있는 듯한 착각을 일으켰다.

"자, 이제 가자."

금이 형의 말에 민정이 누나는 서둘러 생각과 감정을 정리했다. "응. 얼른 가자." 그녀의 말에서 한 서린 감정이 풀린 듯한 느낌이 바닷바람을 타고 나에게 닿았다.

자연스레 두 사람 사이에서 손을 맞잡고 선착장으로 향했다. 선착장에 도착하니, 때마침 배가 들어오고 있었다. 우리는 곧장 매표소로 향해 배표를 구매했다. 사공에게 표를 주고 배에 올라 가장 앞자리에 앉았다. 이내 다른 승객들이 하나둘 배에 탑승했고, 정각이 되자 배는 조금씩 움직이기 시작했다.

배에서 보는 경치는 거리에서 보던 운하와는 전혀 다른 세상처럼 보였다. 연등과 가게 불빛이 운하를 거니는 아티카인들과 어우러져, 물결 위 수놓듯 번져갔다. 나는 두 세계의 중간에서 서서 바라보는 느낌에 숨이 멎는 듯한 기분이 들었다.

"우와…."

두 세상의 중간에서 바라본 세계는 우주의 한 장면을 보는 듯한 아름다운 느낌을 주었다. "톡." 운하에서 결코 닿을 수 없을 것만 같았던 수면 아래의 세상은 너무나 쉽게 닿았다. 내 손가락이 닿은 순간, 두 세계가 섞이는 순간이기도 했다.

두 세계를 가로지르다 보니, 배는 어느새 다리 앞에서 방향을 바꾸었다. 그 순간, 다리 위에 있던 아티카인들이 부러움과 반가움에서 나오는 눈빛으로 우리를 보고 있었다. "안녕하세요!" 기분이 좋았던 탓일까, 평소에는 하지 않을 행동을 나서서 했다. 손을 흔들며 인사했고, 다리 위에 있던 아티카인도 나에게 인사를 하거나, 손을 흔들어 주었다.

손만 뻗으면 그들에게 닿을 듯했지만, 운하에 빠질지도 모른다는 두려움이 나를 붙잡아 손을 내밀지 못했다. 배는 몸을 돌리더니, 우리가 왔던 방향으로 향했다. 분명 왔던 길임에도 새로운 곳으로 향하는 것만 같은 착각이 들었다.

가게 안에서 술을 마시고 차를 즐기고 있는 아티카인들에게도 손 인사를 건넸고, 그들 역시 술과 함께 미소를 지으며 화답해 주었다.

배는 어느새 선착장에 닿았다. 순식간에 흘러간 시간이 아쉬웠지만, 앞으로의 기대가 나를 배 밖으로 이끌었다.

"후! 재미있었다!"

배에서 내렸음에도 찰나의 순간들이 가슴속에 고스란히 남아 있었다.

"우리 선이, 재미있었구나?"

민정이 누나가 물었다. 나는 세상 그 어떤 아이보다 순수한 미소를 지으며 대답했다.

"네! 엄청 재미있었어요! 다음에 또 타고 싶어요!"

"그래, 다음에 또 타자!"

우리는 다음을 기약했다. 어릴 적부터 어른들과 하는 기약 없는 약속에 큰 기대 하지 않았지만, 지금의 약속은 상관없었다. 이미 배를 태워준 순간부터 감사함을 느끼고 있었기 때문이다. 그 순간, 금이 형이 자기의 오른손으로 배를 쓰다듬으며 말했다.

"아, 배를 또 타는 것도 좋지만, 우선 밥 좀 먹으면 안 될까?"

"아휴. 정말, 못 말린다니까. 누가 먹깨비 아니랄까."

민정이 누나가 그의 말에 웃으며, 괜스레 농담을 치며 말했다. 운하가 보이는 여러 식당 사이에서 저녁 식사할 곳을 고르던 중, 민정이 누나가 나에게 말을 걸었다.

"선이는 뭐 먹고 싶어?"

지금 내게 가장 먹고 싶은 음식을 묻는다면, 떠오르는

한 가지가 있었다.

"저는 생선구이요!"

"그래! 생선구이 먹으러 가자!"

곧장 근처 생선구이를 전문적으로 하는 음식점으로 향했다. 아티카인들 중에서는 유독 생선의 모습을 한 이들이 많았다. 그런 이들이 동족인 생선을 먹는 것은 이들에게 큰 문제가 되지 않았다. 해양 생물들은 생전에 동족을 자주 먹어왔고, 인간의 잡식성 습성도 한몫했다. 무엇보다 해저에서는 먹을 식재료가 한정적인 것도 이유에 들어갈 수 있다.

우리는 모둠 생선구이를 주문하였고, 설레는 마음으로 음식이 나오기만을 기다렸다. 이내, 상어의 모습을 한 가게 사장님이 모둠 생선구이와 갖가지 해초류 반찬을 가져오셨다. "맛있게 드세요." 사장님은 식탁에 음식을 놓고는 자리로 돌아가셨다.

노릇노릇하게 구워진 생선구이에서는 비릿한 냄새보다는 소금의 짠 향과 숯불의 향이 풍겼다. 민정이 누나가 생선 살을 발라, 나의 흰쌀밥 위에 놓았다.

"선아, 얼른 먹어봐!"

그녀의 말에도 나는 음식을 곧바로 먹지 않았다. 이러

한 나의 반응을 예상하지 못하였는지, 두 사람은 나를 멀뚱히 보았다.

"선아, 왜 안 먹어?"

민정이 누나가 나에게 말했다. 나는 두 사람에게 당연하다는 듯한 반응을 하며 말했다.

"어른이 먼저 한 숟가락 먹어야, 제가 먹을 수 있어요."

"아!"

두 사람은 나의 말에 외마디 말을 뱉었고는, 서둘러 숟가락을 들고 본인들의 밥을 떠서 한 입 먹었다. 민정이 누나는 서둘러 밥을 삼키고는 뿌듯해하는 목소리로 말했다. 옆에 있던 금이 형도 그녀 못지않게 기분이 좋아 보였다.

"우리 밥 먹었어. 그러니까, 선이도 밥 먹어도 돼."

"네! 잘 먹겠습니다!"

그녀의 말에 고개를 끄덕이며 합장했다. 하지만 막상 그녀가 발라준 생선 살은 너무 작아, 젓가락을 집어 들었다.

살에 가시가 들어가지 않게 젓가락으로 조심스레 생선 살을 발랐다. 생선구이는 갓 구워낸 듯, 가장자리가 바삭했고 안쪽은 하얀 속살이 연기를 뿜어내고 있었다. 설레는 마음으로 밥 한 숟갈을 떠, 그 위에 생선 살을 얹었다. 소금으로 간이 된 생선은 첫맛부터 짭조름했다. 그러나 곧장 갓 지은 흰 쌀밥의 단맛이 이를 감싸니, 마치 바다와 들판을 연상케 할 정도였다.

"맛있다!"

그 단순한 말로는 다 담을 수 없는 맛이었지만, 지금 내가 할 수 있는 최선의 맛 평가임은 분명했다.

"누구를 닮아서 이렇게 예의가 바른지 모르겠네."

민정이 누나가 나의 머리를 쓰다듬으며 혼잣말했다. 금이 형은 자기 앞에 놓인 생선의 살을 발라, 민정이 누나 밥 위에 올려두었다.

금이 형은 식탁에 놓인 생선 살을 바르고 있었고, 민정이 누나는 식욕이 돋아 음식을 닥치는 대로 집어 먹는 나에게 말했다.

"선아, 천천히 먹어. 아무도 안 뺏어 먹어. 부족하면 더 시켜 줄게. 그러니까 천천히 먹어. 잘못하면 체해. 알겠지?"

민정이 누나의 말에, 입안 가득 들어 있는 음식을 한 번에 삼키고 대답했다.

"아, 네."

밝게 빛나는 운하 속에서 어떤 가족보다 화목해 보이는 세 사람의 저녁 식사는 한참이 지나서야 끝이 날 수 있었다.

"선아, 잘 먹었니?"

맛있는 저녁을 먹고 가게를 나서자, 금이 형이 나의 머리를 쓰다듬으며 물어보았다. 나는 생선 기름이 반짝이는 입술을 보여주며 대답했다.

"네! 진짜! 진짜! 진짜 맛있었어요!"

민정이 누나는 계산대에 놓인 휴지 한 장을 뽑아, 나의 입술을 닦아주며 말했다.

"으이구. 입에 다 붙이면서 먹었네! 그렇게 맛있었어?"

민정이 누나가 입을 닦아주고 있어서 대답하기가 쉽지 않았지만, 흘러나오는 웃음과 기쁨은 닦이지 않았다.

"히히. 네!"

금이 형이 허리를 숙여, 나와 눈높이를 맞추고는 말했.

"아, 선아. 잘 곳은 있니? 아티카에서 지낼 곳은 있어?"

갑작스레 아티카에 오다 보니, 정작 내가 잘 곳이 없다는 걸 생각조차 하지 못했다. 금이 형의 말을 듣고서야 그 사실을 깨달았다. 마치 따뜻한 곳에 있다가, 차가운 물에 몸을 던진 것처럼 나의 기분은 빠르게 식고야 말았다.

"아뇨…. 없어요."

보육원에 가기는 싫었다. 아티카에서 두 사람 곁에 더 있고 싶었고, 지옥 같은 현실을 최대한 늦게 마주하고 싶어서 홍살문에는 다가가는 것조차 싫었다. 민정이 누나는 시무룩한 나의 대답을 듣고 일말의 고민도 없이 말했다.

"선이만 괜찮으면, 우리 집에서 당분간 같이 지낼래?"

"네?! 정말요?!"

오늘 처음 본 나를 거리낌 없이 재워준다는 그녀의 말에 깜짝 놀랐다. 오늘 하루만 해도 많은 신세를 졌는데, 잠까지 재워준다면 너무 큰 실례를 범하는 것 같아서 마음 한편에 죄송스러운 마음이 들어 쉽사리 고개를 끄덕이지는 않았다. 내가 그런 마음이라는 것을 아는 듯, 금이 형이 한마디 했다.

"응~ 선이만 괜찮으면 우리 집에서 평생 지내도 돼. 되려, 선이가 같이 살아준다면 우리가 더 좋은걸?"

"아, 감사합니다!"

태어나 처음으로 대가 없는 배려를 받았다. 나는 복에 겨운 마음으로 두 사람에게 달려가 안겼다. 두 사람은 그런 나를 말없이 꼭 안아주었다. 그 포옹 속에서, 나는 처음으로 '가족'이라는 단어가 떠올랐다.

전차를 타고 도착한 두 사람의 집은 전통적인 한옥의 아름다움을 간직하면서도 현대적인 2층 구조를 자랑했다. 돌담이 네모나게 집을 감싸고, 무게감 있는 대문이 그 사이에 자리 잡고 있었다. 정갈한 돌길은 마당을 지나 안채로 이어져 있었다. 마당의 풀밭에는 아이처럼 자란 풀들이 흔들리고 있었다.

현관문을 열고 들어간 집은 목조 기둥과 기와지붕이 어우러져 전통미를 뽐내고 있었다. 집 안의 중심에 있는 계단은 든든한 기둥의 역할도 수행하는 듯했다.

익숙하지 않은 집이지만, 그곳에 발을 디딘 순간 알 수 있었다.

'아, 여기서 평생 살고 싶다.'

신발을 벗자, 민정이 누나가 화장실에서 치약 묻힌 칫솔을 나에게 건네주며 말했다.

"밥 먹었으면 뭐를 해야 한다?"

"양치요!"

나는 곧장 칫솔을 건네받아 화장실로 들어가 양치하기 시작했다. 이내 두 사람이 화장실로 들어와 칫솔질을 같이 하니, 평범한 가족의 모습이 거울에 비추어져 있었다.

양치를 마치고 거실로 나오니 할 일이 없어 바닥에 가만히 앉아 있었다. 평소에는 보육원 아이들과 놀았는데, 이 집에는 아이라고는 나밖에 없으니 너무나 심심했다. 거실에는 천장까지 닿을 정도의 책장 하나가 있었다. 책장에는 빈 곳이라고는 찾아볼 수도 없을 만큼의 많은 책들이 가득 꽂혀 있었고, 나무로 만든 흔들의자가 구석진 곳에 우두커니 있었다. 책장에 꽂혀 있는 책들의 제목을 보고 있던 그때, 방에서 이불을 펴고 나온 민정이 누나가 말했다.

"선아, 당분간 이 방에서 지내면 돼. 선이 방이라고 생각하고 편하게 써. 알았지?"

"아, 네. 감사합니다."

그녀의 말에 대답하고는 곧장 방으로 들어갔다. 솜사탕에 누운 것 같은 푹신한 이불 속으로 파고들자, 쌓였던 피로들이 몰려왔다. 형들에게 맞을 때마다 세상에 내 편은 없다는 생각이 깊게 파고들었고, 그 생각은 곧 이름도 얼굴도 알 수 없는 가족에 대한 그리움으로 이어졌다. 오늘 하루는, 눈물을 훔치며 마음속에 그린 가족의 모습과 닮아 있었다. 나에게는 과분한 하루를 보낸 것만 같아, 미소가 절로 지어졌다.

이 순간을 더 오래 느끼고 싶었지만, 내 앞에 어둠이 스며들었다.

4장

 커튼 사이로 비치는 빛줄기와 들리는 파도 소리에 잠에서 깰 수 있었다. "으음." 힘겹게 눈을 떠보니, 방문 너머에서 국이 보글보글 끓는 소리가 들렸다. 민정이 누나의 콧소리와 음식의 향기가 나를 평범한 가정에서 사는 아이로 만들어 주었다.

 이불을 정리하고 거실로 나서니, 식탁 위로 김이 피어오르고 있었다. 그 앞에서 민정이 누나가 고개를 들어 환하게 웃으며 나에게 아침 인사를 건넸다.

 "선아, 잘 잤어?"

 "아, 네. 잘 잤어요. 안녕히 주무셨어요?"

 "응~ 누나는 잘 잤어. 선이가 잘 잤다고 하니, 마음이 놓이네."

아직 눈곱이 낀 채였지만, 목이 말라 물부터 찾았다.

"물…. 어디에 있어요?"

"물? 냉장고 안에 있어. 잠시만."

누나는 곧바로 냉장고에서 시원한 물을 꺼내 컵에 따라주었다.

"감사합니다."

컵을 두 손으로 감싸 쥐고, 벌컥벌컥 물을 마셨다.

"선아, 물 마시고 잠시 의자에 앉아 있어. 누나가 금방 밥 차려줄게."

"아, 네."

잠깐 앉아 있었지만, 가만히 있는 게 익숙하지 않았다. 어릴 때부터 형들에게 맞아가면서 배운 예의가 습관처럼 몸에 밴 탓이었다. 가만히 있으면 괜히 눈치가 보였고, 늘 뭔가를 먼저 해야만 마음이 편해졌다. 결국 의자에서 일어나 식기 도구를 꺼내 인원수에 맞게 자리에 놓았다. 그제야 불편했던 마음이 조금 놓였다.

민정이 누나가 그런 나의 모습을 보고 뿌듯해하는 표정을 지으며 말했다.

"선이는 정말 다정한 아이구나."

낯간지러운 칭찬에 괜스레 얼굴이 붉어졌다.

"누나가, 요리해서 무릎이 아픈데…. 누나를 대신해서 금이 형을 깨울 멋진 아이가 어디에 있을까~?"

누나의 장난기 어린 말에, 나는 눈을 반짝이며 손을 번쩍 들었다.

"저요! 저요! 제가 깨우고 싶어요!"

누나가 웃음을 터뜨리기도 전에 나는 벌떡 일어나 안방으로 달려갔다. 안방으로 가는 내내, 나는 이 두 사람의 아들이 된 듯한 기분에 잠겨 있었다. 안방 침대에서 금이 형이 코를 골며 자고 있었다. 전쟁을 방불케 하는 탱크 소리를 뚫고 그에게 다가갔다.

"형, 일어나세요. 민정이 누나가 일어나래요. 밥 먹어야죠!"

잠에서 깨어난 금이 형이 공룡의 포효 소리를 내며 나를 껴안았다.

"우왕!"

갑작스레 안긴 금이 형의 품에서 벗어나기 위해 발버둥을 쳤다. 놀라서 그런 것도 있지만, 이런 환경이 어색했던 점이 가장 컸었다. 그런 나의 모습을 본 금이 형은 큰 웃음을 터뜨렸다. 한바탕의 소동이 끝나고 주방으로 달려가 의자에 앉았다. 금이 형도 나의 뒤를 따라 천천히 안방에서 나와 의자에 앉았다.

"잘 먹겠습니다."

우리는 자연스럽게 아침 식사를 시작했다. 아침밥을 먹던 금이 형이 나에게 한 가지 권유를 했다.

"선아, 오늘 민정이 누나랑 형이랑 함께 바다에 놀러 가지 않겠니?"

"아, 네? 바다요?"

그의 갑작스러운 제안에 나는 눈만 깜빡였다. 아침부터 바다라니, 도무지 이해할 수 없었다. 설마 다시 인간 세상으로 보내려는 건 아닐까 하는 의구심이 스치기도 했다. 내가 아무 말도 하지 못하고 가만히 그를 보자, 금이 형이 차근차근 설명해 주기 시작했다.

"누나랑 형이 아티카에서 하는 일이 있어. 그 일이 바다에 들어가서 하는 건데, 선이만 괜찮으면 같이 가면 좋을 거 같아서. 무엇보다 선이 혼자 집에 있는 것보다는 좋지 않을까 싶은데. 어떠니? 선이가 가기 싫으면 같이 안 가줘도 괜찮아."

"아, 저는 괜찮아요! 가고 싶어요!"

의구심이 사라지고 마음이 편안해지자, 혼자 있는 것보다 두 사람과 추억을 쌓는 일이 더 소중하고 덜 심심할 것 같다는 생각이 들었다.

　우리는 아침밥을 먹고 나갈 채비를 하였다. 전차를 타고 해변에 도착하니, 꽤 많은 아티카인이 그곳에 서 있었다. 두 사람은 그들을 향해 고개를 숙이며 인사했다.

　"아, 안녕하세요. 저희가 많이 늦었죠? 죄송합니다."

　"안녕하세요!"

　나도 두 사람을 따라 허겁지겁 허리를 숙이며 인사를 했다.

　"이 씨, 그 애는 누구야? 혹시 아들인가?"

　콧수염만 덥수룩한 아저씨가 금이 형에게 다가오며 말했다. 그의 말에 금이 형도 다른 어른들처럼 두루뭉술하게 대답하거나 부인을 할 것으로 생각했다. 혹시나 하는 기대감으로 그의 말에 상처를 받지 않기 위한 마음의 준비였다.

　"네. 맞아요. 제 아들입니다."

　"어?"

　그의 뜻밖의 대답에 내딛던 발걸음을 멈추곤 모래알 크기만 한 목소리로 혼잣말했다.

　"저렇게 말하면 안 되는 거잖아…."

　어릴 적부터 자원봉사자 혹은 다른 어른들과 있을 때

그 사람들은 이런 상황에서 항상 이렇게 말했다. "아뇨. 아니에요." 그들은 내 앞에서는 "아들 같다. 남동생 같다."라고 입버릇처럼 말했지만, 정작 타인에게는 그 말을 지키지 않았다. 물론 그저 어린아이의 기분을 상하지 않게 하는 말에 불과했겠지만, 나에게는 그런 상황들은 상처로 남겨졌다. 이런 상황이 반복될 때마다 마음의 준비를 하며 크게 개의치 않으려 애썼고, 이제는 아무렇지 않을 거로 생각했었다. 그러나 그것은 나의 오만한 착각에 불과했다는 것을 금이 형의 대답을 듣고 깨닫게 되었다. 생애 처음으로 타인이 내게 '가족'이라 말하는 순간, 내 뺨에는 눈물 한 방울이 조용히 흘러내렸다.

'아, 나 왜 눈물이 나고 난리야…!'

흐르는 눈물을 닦으며 겨우 감정을 추스르려 애썼지만, 눈물은 멈출 생각하지 않았다. 수년간 쌓아왔던 감정의 댐이 무너진 순간이었다. 우는 나의 모습을 본 두 사람은 깜짝 놀라면서 나에게 다가왔다.

"선아, 왜 그래? 내가 아들이라고 해서 그래? 그런 거면 형이 미안해. 다시는 안 그럴게."

금이 형이 나의 등을 감싸며 조심스레 말했다. 나는 서둘러 두 사람의 품 안에서 터져 나온 눈물을 닦으며 말했다.

"아니에요. 괜찮아요. 아무 일도 아니에요. 저 진짜 괜찮아요! 눈에 먼지가 들어갔나 봐요."

가까스로 감정을 진정시키고 다시 두 사람의 품에서 황급히 빠져나왔다. 반지를 움켜쥐며 뒤돌아섰다. 흔들리던 마음을 다시 붙잡겠다는 다짐과 함께.

'이선아, 너에게는 진짜 엄마, 아빠가 있다. 이러면 안 되는 거 잘 알잖아. 잘하자.'

감고 있던 두 눈을 천천히 뜨고, 해변에 있는 아티카인들을 향해 고개를 돌렸다.

어떤 이는 머리가 생선이었고 또 다른 이는 생선 꼬리가 있었다. 그 외에도 한쪽 콧구멍이 없는 바다 거북이의 모습을 한 이도 있었고, 수염이 덥수룩하고 몸은 물개 같은 아저씨도 있었다. 다쳐서 흉이 진 모습만 빼면 누가 어떤 동물이었는지 단번에 알 수 있었다.

"안녕?"

또래 여자아이가 나에게 다가왔다. 상처 없는 해맑은 미소가 정말 귀여운 여자아이다.

금이 형의 말이 아른거려 마음 한편이 무거웠지만, 여자아이의 미소를 깨뜨리고 싶지 않아 미소를 지으며 인사를 받아주었다.

"안녕. 반가워."

"반가워. 내 이름은 소민. 전소민이야! 네 이름은 뭐야?"

소민이의 자기소개를 듣고, 황급히 나도 내 소개를 했다.

"아, 내 이름은 이선이야. 외자야. 혹시 몇 살인지 물어봐도 돼?"

내가 살던 보육원에서 가장 중요한 건 나이였다. 나이가 많으면 무조건 존중해야 하고, 예의를 지켜야 했다. 나보다 어려 보였던 형에게 함부로 말을 놓았다는 이유로, 다른 형들에게 체벌을 받았던 적이 있었다. 그 후론 누가 몇 살인지 묻는 건, 나에게 당연한 일이 되었다.

"나는 열세 살이야. 너는?"

소민이가 편하게 대해도 되는 나이라서 내심 안심했다. 무엇보다 아티카에서 친하게 지낼 친구가 생긴 것 같다는 설렘도 생겼다. 어느새 내 마음에서는 금이 형의 말이 점차 흐려지고 있었다.

"오! 나도! 나도 열세 살이야. 너랑 나랑 동갑이야! 잘 부탁해!"

소민이와 인사를 나누던 그때, 몸이 물개인 아저씨가 자기의 배를 강하게 쳤다. "퉁!" 아름답고 경쾌한 소리가 파도를 타고 전해졌다. 아저씨는 자기에게 이목이 쏠리는 것을 확인하고는 말하였다.

"자, 이제 출발하자고!"

아저씨가 말하니, 수염이 이리저리 자유롭게 움직였다. 움직이는 수염을 순간 만지고 싶다는 유혹이 나를 이끌기도 했다.

"네!"

그 자리에 있던 아티카인들은 아저씨 수염은 늘 그랬다는 듯, 신경 쓰지 않고 그의 뒤를 따라 바닷속으로 걸어갔다. 일제히 바다에 과감히 들어가는 모습이 뭔가 꺼림직한 느낌을 주기도 했다. 눈만 껌뻑껌뻑 뜨며 가만히 서 있는 나에게 소민이가 손을 내밀며 말했다.

"가자!"

"아, 응."

나는 그녀의 손에 이끌려 바닷속을 향해 걸었다. 점차 바닷물이 명치까지 올라오자, 숨쉬기가 힘든 기분이 들었다. 바닷물이 턱까지 차올랐을 땐, 이미 다른 아티카인들은 바닷속으로 들어간 후였다.

"그래. 한번 해보자. 죽기야 더 하겠어?"

오전 아홉 시 삼십오 분, 나는 밑져야 본전인 심정으로 숨을 크게 들이마시고 나서 잠수했다.

눈을 뜨니, 바닷속은 여전히 물결 사이로 반짝이는 빛과 하얀 모래를 품고 있다. 마치 동화 속 한 장면처럼, 바다는 정제된 물처럼 티 없이 맑았다. 아티카 바다라고 해서 다른 바다와 크게 다른 점은 없었다. 다만, 나의 앞에 6명의 아티카인이 헤엄을 치는 것만 빼면 말이다. 태생이 해양 생물이었던 아티카인들은 바다를 정말 빠르게 누볐다. 나 혼자였다면, 그들의 속도를 결코 따라잡지 못할 것이라는 확신이 들었다. 그러나, 소민이가 손을 잡고 이끌어 준 덕분에 낙오되지 않고 아티카인들과 함께 바다를 가로지를 수 있었다.

"지금부터 이곳 주변을 수색하고, 육십 분 뒤에 여기로 모이도록 한다. 해산!"

"네!"

아저씨의 말에 다른 아티카인들이 고개를 끄덕이며 대답했다. 그들은 곧 각자 맡은 구역으로 흩어졌다. 아티카인들은 서로 신경 쓰지 않는 듯했지만, 그들의 대화를 듣는 순간 나는 깜짝 놀랐다. 원래라면 바닷속에서 사람이 대화하기란 어려운 일이다. 귀가 먹먹하고, 말하려고 하면 목에 물이 밀려 들어와 한마디 내뱉기란 불가능에 가

갑다. 그러나 아티카인들이 말할 때는 기포가 생기지 않고, 육지에서 듣는 것처럼 생생하게 들려 신기했다. 이들은 말하는 데 아무런 어려움이 없는 듯했다.

다들 자리로 흩어지며, 홀로 어디로 가야 할지 멍하니 있던 내게 민정이 누나가 손을 잡고는 말했다.

"선! 가자."

그녀의 손을 잡은 순간, 내 안의 찝찝함이 본능적으로 그녀의 손을 뿌리치게 했다. 그런 나의 행동에 민정이 누나는 황급히 헤엄을 멈추었고, 우리가 오지 않음에 이상함을 느낀 금이 형도 헤엄을 멈추곤 뒤를 돌아보았다. 나는 바닷속에서 가만히 서서 아래를 보았다.

"선아, 왜…? 누나가 선이에게 무슨 잘못이라도 했어? 왜 그래?"

민정이 누나의 떨리는 목소리가 파도를 타고 나에게 닿았다. 나는 그녀의 말에 대답하지 않고 눈을 감은 상태에서 고개만 좌우로 저었다. 도무지 이 알 수 없는 감정을 말로 설명할 자신이 없어, 입을 다문 것이었다.

"야!"

그때, 소민이가 내 등을 강하게 내리쳤다.

"부모님한테 그러는 거 아냐!"

소민이는 내 머리채를 잡고 강제로 허리를 숙이게 했다. 나는 힘없이 그녀의 손길에 따랐다.
"아주머니, 아저씨. 잠시만 아들 좀 빌려주세요."
　소민이는 민정이 누나와 금이 형에게 양해를 구했다. 두 사람은 고개를 끄덕이며 대답을 하긴 했지만, 걱정스러운 눈빛을 감추지는 못했다.
"아, 그래. 그러렴."
"감사합니다!"
　소민이는 곧장 내 몸을 돌려 귓속말하기 시작했다.
"야, 너 왜 그래? 아저씨랑 아주머니가 얼마나 좋은 분들인데, 왜 대들어? 너 사춘기야? 빨리 사과해!"
　소민이의 말을 들으며 나는 입술을 꽉 다문 채로, 작고 가느다란 목소리로 말했다.
"아냐…. 우리 부모님 아니라고…!"
　나는 소리친다기엔 민망한 하찮은 외침을 내뱉고는, 급히 다른 방향으로 달아났다. 민정이 누나가 나를 잡으러 가려 했지만, 금이 형이 그녀를 붙잡았다. 소민이는 두 사람의 모습을 바라보았고, 금이 형은 그저 고개만을 끄덕였다.
　나는 무작정 앞으로 헤엄치기 시작했고, 소민이가 그

뒤를 쫓아왔다.

"야! 선! 이선! 왜 그러는데! 왜 그러냐고! 말해야 알 거 아냐!"

소민이가 순식간에 나를 앞지르자, 나는 어쩔 수 없이 헤엄을 멈출 수밖에 없었다. 다른 방향으로 헤엄쳐도 금방 따라잡힐 테니까.

"나 좀 냅둬! 내버려두란 말이야!"

내가 소리를 치자, 소민이는 온 힘을 다해 나의 머리를 강하게 때렸다. "퍽!" 그녀의 매운 주먹이 정수리에 박히는 순간, 눈가에 물방울이 맺혔다.

소민이가 때린 손을 털어내며 말했다.

"아티카에 있을 땐, 그냥 내버려두겠지만. 여긴 바다라고. 넓고 방향을 잡을 수 없는 곳에서 너 혼자 어디를 갈 줄 알고 그냥 냅두냐?! 너 바보야? 바다에서 미아가 되고 싶어?! 그러면 아저씨랑 아주머니가 좋아하실 것 같아?!"

소민이의 말에 울컥해서 소리를 쳤다.

"뭐?! 바보? 나, 바보 아니거든?! 너야말로, 잘 모르면 가만히 있어!"

나의 말은 어린 소년이 부리는 투정에 가까웠다. 그런 소민이는 내가 한심한지, 한숨을 내쉬며 말했다.

"에휴…. 애네. 애야. 일단 가자."

소민이는 나의 손목을 붙잡고는 어디론가 끌고 가려 했다. 그녀가 나를 두 사람이 있는 곳으로 끌고 갈 것만 같은 생각에, 끌려가지 않기 위해 버티려 안간힘을 썼다.

"누가, 아주머니랑 아저씨가 있는 곳 가재?! 그냥 따라와!"

"싫…. 싫어!"

나의 하찮은 반항에 소민이는 주먹을 불끈 쥐고 들어 올렸다. 또다시 그녀가 주먹을 휘두를 것에 대비해 미리 눈을 감고 팔을 들어 머리를 감쌌다.

"에휴. 그냥 가보면 알아. 아저씨, 아주머니한테 안 갈 거니까. 그냥 따라와."

"아, 알겠어…."

금이 형과 민정이 누나에게는 안 간다는 그 말을 믿어보기로 했다. 결코, 소민이의 주먹이 무서워서 고개를 끄덕인 건 아니다. 절대로.

우리는 아무것도 없는 바닷속에서 헤엄을 치며 앞으로 나아갔다.

'물고기다.'

푸른 도화지 위에 물고기들이 하나둘 나타났다. 그런데

그 크기가 나보다 훨씬 컸다. 그렇다면, 내가 작아진 건가? 이상하게도 이건 금세 받아들였다. 이미 현실의 경계를 넘어서는 일들을 겪었으니까. 나는 그저 이유 없이 설렐 뿐이었다.

'우와….'

형형색색의 물고기들이 내 옆을 스치며 지나간다. 파란색, 노란색, 은색의 지느러미가 빛의 조각처럼 반짝인다. 이 따뜻한 수온 속으로 스르르 녹아내리는 듯, 토라졌던 마음이 조금씩 풀어져 흘러가기 시작했다.

어느새, 주변의 풍경은 흐느끼는 산호초들로 가득해졌다.

'와…. 예쁘다.'

거대한 산호초 군락은 마치 물감처럼 하얀 모래 위에 칠한 것만 같았다. 그 위로 수많은 해양 생물이 붓이 되어 물감들 위를 유영하니, 그 모습이 마치 시시각각 변하는 그림을 보는 듯한 기분이 들었다. 도무지 이 아름다운 풍경을 표현하는 데 만족할 만한 단어가 생각나지 않아, 감탄만을 연신 내뱉었다.

"어때? 예쁘지?"

소민이는 살짝 고개를 기울인 채 내 표정을 살폈다. 마치 '내가 이곳에 널 데려온 거, 잘했지?'라고 묻는 듯 눈빛을 보내는 것만 같았다. 나는 풍경에 시선이 빼앗겨, 그녀의 얼굴을 제대로 보지도 못한 채 입을 열었다.

"어…. 예쁘다. 정말 아름다워."

나의 말은 감탄이 섞인 속삭임에 가까웠다. 가슴이 일렁이며 차오르는 듯한 감정을 어떻게든 말로 옮기려 했지만, 마땅히 생각나는 단어가 없었다. 그 어떠한 단어로도 이 감정을 만족시킬 자신이 없었다.

"이걸로 만족하면 섭섭하지!"

소민이가 눈을 반짝이며 말했다. 말투엔 아직 끝나지 않았다는 확신이 섞여 있었다. 그러고는 주저할 틈도 없이 나의 손을 확 잡아끌었다.

"어? 야!"

나는 조금만 더, 이 풍경을 눈에 담고 싶었다. 그런 마음이 치밀어 오르며 나는 걸음을 멈추려 했다. 손목에 살짝 힘을 주자, 소민이가 나를 돌아보며 단호한 목소리로 말했다.

"야! 그냥 따라오기나 해!"

소민이는 마치 뭔가 숨겨둔 보물이 있는 사람처럼 사뭇 진지한 표정을 지으며 나를 이끌었다. 그녀의 뒷모습을 보며 속으로는 '진짜 대단한 거 아니면 화낼 거야.'라고 투덜거리면서도, 어느새 나도 모르게 발걸음을 재촉하고 있었다.

　우리는 물속을 가로지르며 천천히 앞으로 나아갔다. 가재가 스쳐 지나가고, 은빛, 청빛의 비늘이 반짝이는 물고기 떼가 나를 곁눈질하고 지나가기도 했다.

"우와."

　물고기들이 일으킨 물방울들을 뚫고 지나니, 밤하늘을 담은 듯한 짙은 물속에서 파랑, 빨강, 노란빛이 하나둘 떠올랐다. 별을 보고 있다는 착각이 들 정도의 해파리 숲. 그 광경을 보는 순간, 숨이 멎는 듯했다.

"선! 잘 봐봐!"

　소민이가 자신 있게 외치더니, 곧장 반투명한 해파리의 머리 위로 성큼 다가갔다. 소민이의 작은 발이 푹신한 표면을 밟는 순간, 물결처럼 일렁이는 파란빛이 주변에 가득 퍼졌다. 소민이는 이내 두 무릎을 굽히더니, 마치 푸른 바다 위로 튀어 오르는 돌고래처럼 반대편 해파리를 향해 훌쩍 날아올랐다.

"우왓! 대박!"

　나도 모르게 탄성을 뱉었다. 구름처럼 말랑한 해파리 머리 위를 밟고 날아오르는 소민이를 보니, 조금 전까지 소민이에게 괜스레 화를 내겠다던 내 모습이 우스워졌다. 지금 내 안에 남은 건, 그저 해파리 속을 자유로이 나는 소민이에 대한 부러움과 자연의 경이로움뿐이었다.

소민이가 해파리 머리를 디딜 때마다, 그 뒤로는 해파리의 빛이 잔상처럼 따라오다 물속에서 사르르 흩어졌다. 그녀의 모습은 마치 바다의 요정인 것만 같은 착각을 불러일으켰다.

"나도…! 나도 할래!"

해파리 속에서 진심으로 행복을 느끼는 소민이가 부러웠던 나는 주저하지 않고 해파리 위로 몸을 날렸다. 처음 발을 디뎠을 때, 몸이 휘청거렸다. 해파리의 머리는 생각보다 훨씬 말랑하고 미끄러웠다. 처음에는 조심스럽게 뛰었다. 힘을 크게 주지 않았는데도, 생각보다 훨씬 높이 올라가서 깜짝 놀랐다. 심장이 '쿵' 하고 내려앉는 느낌이 들었지만, 그건 잠깐에 그쳤다.

해파리의 머리는 구름처럼 나를 부드럽게 받쳐주었다. 단순하게 차가운 줄만 알았는데, 어딘지 모르게 따뜻했다. 빛 때문일까, 아니면 단순한 착각일까. 해파리의 감촉에 나는 금세 익숙해져 있었다. 익숙해지는 일에는, 늘 자신 있었으니까.

나와 소민이는 해파리 머리 위를 이곳저곳 뛰어다녔다. 수면 아래에서 빛이 출렁이고, 우리가 지나갈 때마다 해파리의 빛은 순간 확 밝아졌다가 다시금 어두워졌다. 이 신비한 경험에 웃음이 절로 나왔다.

"소민아!"

내가 그녀의 이름을 부르자, 해파리 머리 위에 있던 소민이가 고개를 돌렸다. 그 순간을 놓치지 않은 나는, 해파리 위를 힘껏 박차고, 그대로 그녀를 향해 뛰어올라 손바닥을 내밀었다.

"으에?!"

소민이는 짧은 비명을 내지르며 통통 튀듯, 저 위에 있는 해파리 쪽으로 날아갔다. 조금 전까지만 해도 어른처럼 잔소리하던 소민이가, 이제는 팔다리를 허우적거리며 해파리 위로 날아가는 모습에 나도 모르게 피식 웃음이 나왔다.

"이씨, 야! 거기 가만히 있어라!"

눈을 부릅뜨고 해파리 머리 위에서 강하게 뛰어오르는 소민이가 나를 향해 날아오기 시작했다. 그녀의 눈빛엔 확실한 복수의 의지가 끓고 있었다. 나는 장난기 어린 미소를 억지로 삼킨 채 손바닥을 내밀었다. "짝!" 소민이의 손이 닿자, 나는 허공을 가르며 휙 하고 튕겨 해파리 머리 위로 곧장 떨어졌다.

아프기는커녕, 오히려 재미만이 가득했다. 해파리의 말랑한 머리가 온몸을 폭신하게 감싸안는 이 느낌은, 마치 트램펄린 위로 떨어지는 듯한 기분이 들었다. 충격은 전혀 없었고, 오히려 그 짜릿함에 웃음이 터졌다.

"끼잉!"

소민이와 손바닥을 밀치며 놀고 있을 때쯤이었다. 어딘가에서 정체불명의 비명이 들려왔다. 바다를 찌르는 듯한 비명에 본능적으로 소민이를 바라보았다. 와 눈을 마주친 소민이는 굳은 결심이 담긴 표정으로 고개를 끄덕이고는, 곧장 소리가 들린 방향으로 물살을 가르며 나아갔다.

"아, 야! 같이 가!"

나는 허겁지겁 수면을 가르며 소민이를 따라갔다. 드넓은 바다에서 비명의 출처를 찾는 건 쉽지 않았다. 파도는 끊임없이 움직였고, 소리는 여기저기서 부서진 채로 흘러왔다. 그야말로 모래사장에서 바늘 찾기와 같았다.

"쉿!"

소민이는 자기에게 다가오는 나를 향해 조용히 하라는

몸짓을 했다. 그러더니, 갑자기 눈을 감고 귀를 기울였다. 바다의 맥박이라도 읽는 듯, 물의 흐름을 타고 오는 부서진 소리에 집중했다.

"저기야!"

헐떡이는 숨을 고르던 그때, 갑자기 눈을 뜬 소민이가 한 방향으로 나아가며 소리쳤다.

"끼잉, 끼잉!"

확실히 이전보다 비명이 선명하게 들리니, 심장은 더 빠르게 뛰기 시작했다. 우리는 머지않아, 물때가 낀 그물을 몸에 칭칭 감고 버둥대는 돌고래 한 마리를 발견할 수 있었다. 돌고래는 몸을 비틀며 아픈 소리를 내고 있었다.

"진짜…. 너무해."

나는 눈살을 찌푸리며, 숨을 삼키는 목소리로 중얼거렸다. 소민이는 조심스럽게 접이식 칼을 꺼냈다. 칼끝이 햇빛을 받아 반짝이는 순간, 돌고래는 순간 본능적으로 위협을 느낀 듯 격하게 몸을 흔들며 더욱 날카로운 비명을 질렀다.

"괜찮아, 괜찮아!"

나는 조심스럽게 가까이 다가가 다급한 목소리로 말했다.

"우리는 널 해치지 않아. 도와주러 온 거야. 우리를 믿어줘."

숨을 죽인 채, 돌고래의 눈을 마주 보았다. 그제야 돌고래는 우리를 받아들인 듯 긴장을 풀었고, 소민이는 편하게 그물을 잘라낼 수 있었다.

"됐다…!"

끝없는 듯 이어진 그물 자르기가 마침내 끝났을 때, 돌고래는 억눌린 숨을 터뜨리듯 바닷속을 세차게 가르며 되찾은 자유를 누렸다. 자유로워진 돌고래는 우리 주변을 맴돌며 마치 고마움을 전하듯 기쁨의 물살을 일으켰다.

"히히."

고사리 같은 작은 손이 누군가에게 힘이 될 수 있다는 게 묘하게 뿌듯해, 나도 모르게 웃음이 나왔다.

"그동안 힘들었지? 인간이 미안해."

손을 내밀어 매끄러운 이마를 어루만지며, 조용히 속삭이는 듯한 목소리로 말하였다. 돌고래의 표면은 마치 비단처럼 부드럽고 매끄러웠다. 손끝에서 전해지는 촉촉한 감촉은 물결을 가르며 유영하는 이 생명체의 유려함을 전해주었다.

"야! 이선!"

돌고래와 즐겁게 놀고 있던 나에게 소민이가 날카로운

목소리로 외쳤다. 그녀의 표정과 목소리에 담긴 섭섭함이 파도를 타고 고스란히 나에게 전해졌다. 분명 자신이 돌고래 몸을 감싼 그물을 잘라내어 자유를 되찾아 준 일등 공신인데, 그걸 알아주지 않아서일 것이다. 세상 어른스러운 소녀에게서 이런 의외의 면을 보니, 그녀도 나와 같은 또래라는 사실이 새삼 반갑게 느껴졌다.

"왜?"

소민이에게 다가가 말했다. 소민이는 팔짱을 끼고는 새침한 목소리로 말했다.

"이제 본격적으로 일하러 가자."

"일? 아, 어. 그래."

벌써 돌고래와 헤어져야 한다는 사실에 아쉽긴 했지만, 어쩔 수 없었다. 소민이에게 맞지 않으려면, 따라야만 한다. 돌고래에게 작별의 의미를 담은 손 인사를 하고는 소민이의 뒤를 따라갔다.

"우리가 하는 일은 해양 생물들을 도와주고 구해주는 일이야. 방금 돌고래를 구했던 것처럼 말이야."

소민이가 새침한 목소리로 일에 관한 설명을 해주었다. 아직 서운한 감정이 남아 있는 듯했다.

"아하…."

소민이의 가방은 자른 그물 조각을 전부 회수한 듯, 불룩하게 부풀어 있었다. 내 생각보다 소민이가 하는 일이 중요한 일인 것 같다는 생각이 들었다. 그녀의 기분이 더 상하지 않게, 과하지도 덜하지도 않은 반응을 해주던 그때, 돌고래가 내 곁으로 다시 다가왔다.

"지금부터 우리는…."

소민이는 일에 관해 설명을 시작했지만, 문득 내가 곁에 없다는 것을 깨닫고 뒤를 돌아보았다. 그녀가 본 풍경은 저 멀리서 내가 다시 돌고래와 장난을 치는 모습이었다.

"야! 이선!"

나의 모습을 본 소민이는 이마를 탁하고 치더니, 한숨을 쉬며 말했다.

"에휴. 내가 너한테 뭘 바라냐. 설명 안 해줘!"

돌고래가 나만 좋아하는 것에 이미 서운함을 느낀 소민이는, 나조차도 자기의 말에 귀를 기울이지 않자 마침내 완전히 토라지고 말았다.

"소민아, 미안해. 잘못했어. 제발. 설명해 줘. 너의 설명이 필요해. 나는 네가 없으면 안 돼. 내가 잘못했어."

돌고래와 계속 놀면, 감당할 수 없을 만큼 일이 커질 것만 같다는 생각이 들었다. 삐친 소민이에게 황급히 두 손,

두 발을 이용해 가며 용서를 구했다. 어느새 내 뒤에 있던 돌고래도 같이 그녀에게 용서를 구했다.

"알았어. 이번 한 번만이야. 다음은 없어."

"고마워! 진짜 다시는 안 그럴게!"

소민이가 용서해 주자. 나와 돌고래는 그녀에게 애교를 부렸다. 나는 그녀의 어깨를 주무르고, 돌고래는 그녀의 볼에 몸을 비볐다.

"아! 좀 떨어져! 말을 못 하겠잖아!"

그녀의 외침에 화들짝 놀란 우리는 서둘러 몸에서 손을 뗐다. 기분이 한층 풀린 소민이는 잠시 멈췄던 설명을 이어갔다.

"이선, 너도 봐서는 알겠지만, 바다에는 많은 동물들이 살고 있어. 현재 바다는 인간들이 버린 해양 쓰레기로 인해 고통을 받고 있지. 그래서 우리는 매일 바다에 나와서 해양 쓰레기로부터 살아 있는 바다 생물들을 지켜주기 위해 노력하고 있어. 이게 우리의 일이야. 책임감을 가져야 하는 일이라는 거야. 알겠어?!"

서운함이 조금 남았는지, 소민이는 말끝에 장난스러운 심술을 얹었다.

"아, 응. 알겠어."

소민이의 말을 듣고 문득 떠오른 궁금증을 참지 못해 물었다.

"무슨 말인지는 알겠는데, 그 정도로 매일 바다를 나올 정도로 심각해? 매일 나올 정도는 아니지 않나?"

"아으! 진짜!"

그녀는 주먹을 쥐고 내 머리를 있는 힘껏 한 대 쥐어박았다. "아야!" 나는 머리를 손으로 문지르며 눈물이 고인 눈으로 소민이를 쳐다봤다. 그녀는 단호한 표정으로 사태의 심각성을 이야기했다.

"야 이, 바보야! 하…. 잘 들어. 매일, 바다에는 지구를 오백 바퀴 감을 수 있는 낚싯줄이 펼쳐지고 있어. 단순히 펼치는 것은 문제가 아냐. 펼친 그물을 제대로 수거를 하지 않는 점이 가장 큰 문제라고! 펼친 그물을 수거하지 않아서 의도치 않게 바다 동물이 걸리고, 그 탓에 죽는 경우가 많아. 바다거북은 1년에 이십오만 마리가 죽는다고. 그물을 먹고 죽는 고래도 얼마나 많은데. 나도 어른들한테 듣기만 했는데, 인간들의 배 사고로 죽은 물고기보다, 어업으로 죽는 물고기가 훨씬 많다고 했어. 무엇보다 해양 쓰레기 중에서 어업 쓰레기가 차지하는 비율이 전체의 50% 정도가 넘어. 그게 우리가 매일 바다에 나가서 해양 쓰레기를 수거하고 고통받는 동물들을 구조하는 이유야. 이제 얼마나 심각한지 알겠어?! 방금 우리가 구한 저 상괭이도 어업용 그물에 걸려 있었잖아."

"아하. 응. 이제 알겠어."

소민이의 말을 듣고 나니 가슴 한편이 바늘에 찔리는 듯 아려왔다. 바다에 사는 생명들이 겪는 고통을 이제야 조금은 이해하게 된 것 같았기 때문이다. 지금까지 무심코 먹어왔던 생선들을 떠올리며, 어쩌면 내가 끝나지 않는 고통의 고리를 시작하게 만든 것 같다는 생각이 들었다. 무지했던 나의 모습이 너무나 부끄럽고, 해양 생물에 대한 미안한 마음에 상괭이의 매끈한 몸을 살짝 쓰다듬었다.

'미안해. 나 같은 사람들이 생선을 많이 먹어서.'

그런 내 마음을 아는지 모르는지, 상괭이는 내 손에 얼굴을 비비며 짧은 숨을 내뿜기만 했다. 그때, 문득 소민이가 했던 마지막 말이 뇌리를 스쳤다.

"아? 상괭이? 얘가 상괭이야? 돌고래 아냐?"

내가 눈을 동그랗게 뜬 채로 묻자, 소민이는 어이없다는 표정을 지으며 말했다.

"설마, 네가 뭘 구한 줄도 모르고 있던 거야?!"

"아, 어. 나는 그냥 돌고래인 줄 알았어."

소민이는 나의 말에, 이마를 '탁' 치며 고개를 절레절레 흔들었다.

"에휴, 얘 봐봐. 머리 뭉툭한 거 안 보여? 입도 짧고. 얘는 상괭이야. 멸종위기종이라고. 우리가 멸종위기종을 구한 거라고."

나는 상괭이와 소민이를 번갈아 보며 흥분한 목소리로 말했다.

"오! 우리 엄청 대단한 일을 한 거네?!"

생애 처음으로 박수받아 마땅한 일을 한 것 같아, 흥분되었다. 그것도 멸종위기종을 구하다니!

"그래. 이제 우리가 얼마나 대단한 일을 했는지 알겠어?"

"어! 알겠어!"

소민이는 내 반응에 고개를 살짝 저었다. 너무 내가 애처럼 굴어서 진절머리 난 것 같았다. 소민이는 멸종위기종을 구했다는 도취감에서 내가 얼른 빠져나오기를 기다렸다.

"야, 이선! 늦었어! 빨리 가자!"

아무리 기다려도 내가 흥분에서 빠져나올 생각이 없어

보였는지, 소민이가 살짝 짜증 섞인 말로 말했다.

"아, 응! 알겠어!"

소민이를 따라 헤엄쳐 가니, 저 끝에 사람처럼 보이는 형상 두 개가 눈에 들어왔다.

'누구지?'

저 멀리 앞에 있는 사람을 자세히 보기 위해 두 눈에 힘을 강하게 주었다.

'설마, 금이 형과 민정이 누나인가? 아직 껄끄러운데….'

두 사람을 본 순간, 멈칫했다. 헤엄을 멈춘 나에게 소민이가 단호한 눈빛으로 말했다.

"야, 사과를 하든 네가 뭘 하든 내가 상관할 일은 아냐. 신경 안 써. 근데, 금이 아저씨랑 민정이 아줌마한테는 아냐. 얼마나 좋은 분들인데! 너 아저씨랑 아줌마, 평생 안 볼 거야?"

"아니…."

소민이의 말에 고개를 좌우로 저었다.

"맞지? 평생 안 볼 거 아니잖아. 그치? 그러면 빨리 풀어. 사과는 할 수 있을 때 해야 해. 그 순간을 놓치고 하지 못한다면, 평생 너의 곁에 후회가 남아 그 순간을 기억나게 할 거야. 할 수 없는 순간이 왔을 때, 기회가 있던 날들에 하지 못한 자신을 후회할 시간에 지금 해!"

"알겠어. 하면 될 거 아냐."

내심 내 편을 들어주면 하는 마음이 있었기에, 어른스럽게 말하는 소민이가 조금은 서운했다. 동시에 나와는 다른 성숙한 그녀의 모습이 내심 멋있다고도 생각했다.

"너…. 완전 애늙은이 같아."

어리광 부린 것 같은 내 모습이 부끄럽고, 창피해서 아주 작은 심술을 부렸다.

"뭐라고?!"

소민이는 나의 말을 듣고 주먹을 번쩍 들어 올렸지만, 내가 미리 두 팔로 머리를 방어하자 주먹을 내리며 말했다.

"에휴. 야, 얼른 가기나 하자."

"아, 응."

나를 때리지 않길래 그녀가 무슨 일로 급하게 생각을 바꿨는지 의아했지만, 당장은 그 이유가 중요하지 않았다. 지금은 두 사람에게 사과라는 낯간지러운 행동을 해야 하는 게 더 중요했다.

"선아, 소민아, 잘 다녀왔니?"

"아, 네."

미소를 띠며 나를 반겨주는 두 사람을 보았지만, 여전히 마음은 불편했다. 나와 눈이 마주친 두 사람은 아직 내가 불편한 기색을 내비치고 있다는 상태임을 단박에 알아차렸다.

"소민아, 저 상팽이는 뭐야?"

민정이 누나는 황급히 소민이에게 말을 걸었다. 그 찰나에 불편함을 느낀 나를 배려하기 위한 그녀의 눈치 빠른 행동이었다.

"있잖아요. 저희가요…."

소민이는 민정이 누나 옆으로 가서 그간 있었던 일들에 관해 설명하기 시작했다. 두 사람은 자연스레 앞으로 천천히 헤엄치며 나아갔다. 나는 대화하고 있는 두 사람 뒤로 가서 헤엄치기 시작했고, 금이 형이 조심스레 내 옆으로 다가왔다.

"선아, 아까 누나한테 왜 그랬는지 물어봐도 되니?"

금이 형은 이 틈을 놓치지 않고 바로 질문했다.

"아…. 저 그게. 죄송…."

금이 형의 말에 당황한 나는 더듬거리며 입을 열었다. 곧바로 사과하려 했지만, 마음처럼 쉽게 되지 않았다. 단순히 맞지 않기 위해 잘못했다고 말하는 것과는 그 무게

감부터가 달랐다. 나는 어릴 적부터 그 말만큼은 늘 끝에 남겨뒀다. '미안해.'라는 한마디가, 이상하게도 나를 무너뜨릴 것만 같았기 때문이다. 무엇보다 잘못했다고 먼저 말하면, 감정이 북받쳐 말도 제대로 못 할 것 같다는 생각이 들었다. 아무 말 못 하고 그저 울기만 한다면, 두 사람이 그런 나의 모습에 실망해서 떠나버릴 것만 같아서 말이 쉽사리 나오지 않았다.

"선이가 지금 말해주기 싫으면 말 안 해줘도 돼. 대신 다음에 기회가 되면 꼭 말해줘. 알았지?"

목이 잠겨, 금방이라도 울 것 같은 나를 본 금이 형이 미소를 지으며 말했다.

그의 말에 고개를 끄덕였다. 이런 나의 마음을 이해해주는 금이 형에게 고마움을 느끼려던 찰나였다.

"소민이랑은 재미있게 놀았니? 소민이 어떠니?"

금이 형이 나의 옆구리를 살짝 찌르며 의미심장한 표정을 지으며 말했다. 마치 친구 아버지가 친구를 놀릴 때나 보던 표정으로 말이다. 심지어 금이 형의 목소리마저도 친구 아버지가 친구에게 동급생 여자애를 좋아하냐고 장난스레 묻는 듯한 어투와 흡사했다.

"예?! 저는 조폭 마누라 별로 안 좋아해요! 저는 완전

조신하고 그런 여자를 좋아한다고요! 쟤는 아니에요! 절대! 절대로요!"

나는 순간 발끈하며 큰 소리로 강하게 부정했다. 잠겼던 목소리는 열리고, 흘러넘치려던 눈물 또한 쏙 하고 들어갔다.

"누가 뭐라니? 형은 그냥 소민이 성격이 어떤지 물어본 거야. 뭘 그리 부정을 강하게 할까나?"

나의 반응에 금이 형은 미소를 지으며 대수롭지 않다는 듯 장난스러운 말투로 말했다.

"진짜 성격이 완전 조폭 마누라예요. 저 여기 정수리도 주먹으로 맞았다니까요?! 아무튼, 안 좋아하고, 그냥 친구예요!"

나의 말을 믿지 않는 금이 형에게 더욱 과장되게 말했다.

금이 형이 흥분한 나의 머리에 손을 올리며, 이른 아침 햇살 같은 목소리로 말했다.

"이래야 우리가 아는 선이지. 가자. 누나랑 소민이가 기다리겠다."

금이 형의 말에 날뛰던 감정이 고요한 호수처럼 순식간에 차분해졌다.

"네."

금이 형의 장난스러운 말에 감돌던 어색함과 불편함은 헤엄쳐 어디론가 사라졌다.

우리는 바다를 헤엄치며, 도움이 필요한 해양 동물이 있는지 본격적으로 돌아보았다. 그 과정에서 해양 쓰레기를 줍기도 했다. 세 사람의 가방은 해양 쓰레기로 인해 몸집만큼 거대해지고 당장이라도 터져도 이상하지 않을 정도였다.

"푸하!"

일정을 마친 우리는 아티카 해변으로 돌아왔다. 옷과 머리에서는 바닷물이 뚝뚝 떨어졌다. 지친 몸을 이끌고 힘겹게 바다를 빠져나와 모래사장에 발이 닿자, 파도가 내 몸의 남은 힘을 전부 가져가 버렸다. 철퍼덕하고 주저앉은 내 모습을 본 세 사람은 웃음바다에 빠졌다.

"남자가 뭐 이리 약해? 뭐 했다고 벌써 지쳤냐?!"

소민이가 나의 자존심을 긁었다.

"미끄러진 거야!"

나는 이를 악물고 일어서려 했지만, 다리에 힘이 들어가지 않았다. 내 모습은 마치 이제 막 태어난 알파카의 모습이라고 해도 과언이 아니었다. 모래 위로 몇 번이고 주저앉으니, 다음 파도가 나를 덮쳤다.

"좀만 쉬었다가 가자."

일어나지 못하는 나를 금이 형이 안고 안전한 모래사장 위에 눕혀주었다.

'이게 말려져 가는 오징어의 심정인가?'

모래사장에 누워 있는 나는 마치 빨랫줄에 걸린 오징어처럼 축 늘어져 있었다. 이게 바로 동병상련이지 않을까 싶다.

체력과 운동에 자신감이 넘쳐 또래 중 가장 체육에 일가견이 있다고 자부했던 내 자존심은 이미 파도를 타고 저 멀리 떠내려갔다.

금이 형의 말에 우리는 모래사장에서 잠시 쉬었다. 내 양옆에는 늘 그렇듯 민정이 누나와 금이 형이 앉아서 수평선 너머를 보고 있다. 소민이는 잠시 어디론가 가서 인기척이 느껴지지 않았다.

아직 전부 풀리지 않았던 감정으로 인해, 우리 사이에는 묘한 어색함이 감돌았다. 나는 지금이 참아왔던 말을 뱉을 좋은 기회라는 생각이 들었다. 몇 번이고 말할 기회가 철썩철썩 오고 가던 찰나였다.

"아, 저…."

목구멍에서 간신히 말을 뱉었지만, 파도 소리와 바다에

서 오는 바람이 힘겹게 꺼낸 소리를 흩날렸다. 결국 희미하게 남은 나의 소리는 침묵에 눌려 두 사람에게 닿지 못했다.

"이제 갈까?"

"그래. 이제 가자."

금이 형의 말에 길고 무겁던 침묵이 깨졌다. 민정이 누나도 금이 형의 말에 동의하며 자리에서 일어났다. 나도 뒤늦게 일어섰고 우리는 자연스레 집을 향해 걸어갔다. 모래사장에는 아쉬움의 자국이 덩그러니 남았지만, 그것도 그리 오래가지 않았다.

5장

"선아, 먼저 화장실에 들어가서 씻으면 돼."

"아, 네."

화장실에 들어가 옷을 벗으니, 소금이 우수수 떨어졌다. 군데군데 부서져 플라스틱 조각으로 틈틈이 메운 샤워기를 집고 물을 틀었다. 따뜻한 물줄기가 내 마음과는 달리 세차게 쏟아져 나왔다. 화장실은 금세 수증기로 가득 찼다. 비누를 열심히 비벼 만든 거품으로 머리카락과 얼굴, 그리고 몸을 차례로 씻어낸 후, 화장실 벽에 걸린 수건으로 몸을 닦아냈다. 문을 열자 뜨거운 증기가 후끈하게 터져 나왔다. 증기 너머, 문 앞에는 새 옷과 속옷이 가지런히 놓여 있었다. 아마도 내가 씻을 때, 민정이 누나가 조용히 두고 간 것 같았다. 옷을 입고 거실에 앉아 가만히 있을 때, 2층에서 씻고 나온 민정이 누나가 내려와 말했다.

"선아, 좀만 기다려. 누나가 밥해줄게."

"아, 네."

오후 한 시 사십삼 분, 민정이 누나가 요리하기 시작했다. 도마 위에 칼이 닿는 "탁" 하는 맑은 소리에 귀를 기울이니, 어느새 정신은 몽롱해졌다. 바다에서 쌓인 피로가 한꺼번에 몰려왔다.

매콤한 고춧가루 향과 시큼한 김치 냄새, 맛있는 돼지고기와 달콤한 마늘 향이 집 안 가득 퍼졌다.

"흠, 오늘 점심은 김치찌개인가 보구나."

금이 형이 샤워를 마치고 혼잣말했다. 그는 앉아 있는 채로 두 눈을 감고 자려는 나에게 말했다.

"선이는, 김치찌개 좋아하니?"

"아, 네. 좋아해요."

몽롱한 정신 탓에 힘없이 축 늘어진 목소리로 대답했다. 그런 나의 모습을 본 금이 형이 수건으로 머리를 털면서 입가에 미소를 띠며 말했다.

"그래? 다행이네. 또, 누나가 김치찌개 하나는 기가 막히게 잘하거든? 선이도 분명 좋아할 거야."

금이 형이 무슨 말을 해도, 졸음이 몰려와 귀에 잘 들어오지 않았다.

　금이 형이 민정이 누나가 앉을 의자를 뒤로 당기며 말했다.

　"여보, 다 했어?"

　"응. 이제 바로 먹어도 돼."

　"그래? 알겠어. 선아! 밥 먹자!"

　"네…."

　졸린 눈을 비비며, 의자에 앉았다. 금이 형은 곧장 냉장고에서 물통을 꺼내 올려두었다.

　"잘 먹겠습니다."

　힘없이 고개인사를 하고, 두 사람이 밥을 먹기를 기다렸다. 내 마음을 읽은 듯, 두 사람은 먼저 한술 떠 국에 적셔 먹었다. 그 모습을 보고서야 나도 밥을 한술 크게 떴다. 김치찌개 국물에 밥을 담갔다 꺼내 김치와 두부를 올리고, 김으로 살포시 감싸서 입안에 넣었다.

　"맛있다!"

　한 입을 먹는 순간, 잠이 한순간에 사라졌다. 잘 익은 김치의 알싸한 맛이 입안 가득 퍼지고, 매콤하면서도 시원한 국물 속에서 쌀알 한 톨 한 톨이 자연스럽게 풀어져 김치찌개의 풍미를 한층 더 돋우었다. 바삭한 김 한 장은, 바다의 짭조름한 향이 고소하게 퍼져 모든 맛을 한층 올려주었다. 이 세 가지가 어우러져 만들어 내는 맛의 아카펠라는 그야말로 소박하면서도 완벽한 한 끼의 행복이다. 이것이 내가 김치찌개를 좋아하는 이유다.

"맛있니?"

허겁지겁 밥을 먹는 내 모습을 본 금이 형이 뿌듯해하는 표정을 지으며 말을 걸었다.

"아, 네! 맛있어요!"

"그래. 맛있게 먹으렴."

금이 형은 만족스러운 표정을 지으며 말했다. 민정이 누나도 우리의 모습을 보며 미소를 지었다. 지금 먹는 김치찌개의 맛처럼, 우리 세 사람도 어느새 잘 어우러져 있었다.

"다녀오겠습니다."

밥을 다 먹은 나는 집 밖을 나서려 했다. 그런 나를 금이 형이 붙잡았다.

"선아, 어디 가니?"

그의 눈빛은 어딘가 불안했다.

"아, 그냥 잠깐 산책 좀 하려고요."

금이 형은 가슴을 쓸어내리며 말했다.

"아, 그래. 너무 늦게까지 밖에 있지 말고. 일찍 들어오렴."

그의 말에 고개를 끄덕이고는 현관문을 열고 대문을 향해 걸어갔다. 아티카의 밖은 내 마음과는 다르게 여느 날과 다르지 않게 평화롭다. 플라스틱 빨대로 만들어진 전봇대를 손끝으로 몸소 느껴보고, 병뚜껑으로 만든 광고판을 유심히 바라보았다. 종이 빨대를 겹겹이 붙여 만든 다리도 건너보고, 플라스틱 컵으로 이루어진 터널을 지나니, 어제 왔던 광장 근처까지 오게 되었다.

"언제 여기까지 왔지? 이왕 온 거 광장까지 가볼까?"

높디높은 언덕을 올라가는 도중에 몇 번이고 노면전차가 나를 지나쳤다. 내심 노면전차를 타야 했다는 생각이 들기도 했지만, 수중에 돈이 없어서 어차피 타지는 못했다.

"으아, 너무 힘들다."

헐떡이는 숨을 내쉰 끝에 광장 입구에 도달할 수 있었다. 광장 중앙에 우뚝 선 당산나무 아래에서 아티카인들은 서로 대화를 나누며 휴식을 취하고 있었다. 아기의 재롱을 흐뭇하게 바라보는 가족들, 사랑에 빠진 연인들, 우정을 나누는 친구들까지. 생김새만 빼면 그들의 모습은 지극히 평범한 일상의 한 장면과 다르지 않았다. 내심 그들의 모습에 부러움을 느꼈다. 특히 가족과 함께 있는 이들의 모습이. 나는 평생 겪지 못할 추억과 느낄 수 없는 감정을 경험하는 이들이 부러웠다. 조심스레 당산나무에 다가가 손을 가져다 대며 빌었다.

'엄마, 아빠가 있는 곳으로 보내주세요. 저 너무 힘들어요. 외롭다고요.'

한 차례 기도하고 홍살문 앞에 섰다. 왠지 당산나무가 소원을 이뤄줄 것만 같았다. 두 눈을 감고 심호흡을 한 후, 문을 지나갔다.

'어?'

이번에는 달랐다. 마치 비눗방울을 뚫고 지나가듯, 얇고 투명한 막을 터뜨리는 감각이 온몸에 느껴졌다. 기대하며 두 눈을 뜨는 순간, 현실은 여전히 제자리였다.

"역시 그럴 일이 없지. 믿은 내 잘못이다."

당산나무 옆에 덩그러니 놓인 그네에 앉았다. 아무 생각 없이 그네를 타고 있을 때, 저 멀리서 민정이 누나와 금이 형이 거친 숨을 내쉬며 다가왔다.

"선아!"

두 사람이 일제히 내 이름을 부르며 달려오고 있다.

'아, 저 사람들이 내 부모였으면….'

눈물이 고였다. 지금까지 내 마음을 무시하고 있었지만, 저 멀리 달려오는 두 사람의 모습에 굳건하게 닫히던 문이 열리기 시작했다.

민정이 누나는 옆에 비어 있는 그네에 앉았고, 금이 형은 그네 주변 울타리에 걸터앉았다. 나는 더 이상 두 사람과 어색해지기 싫어서 땅바닥을 보며 뱉지 못한 속마음을 털어놓았다.

"죄송해요."

"음? 뭐가?"

민정이 누나는 아는 것 같은 모습이었지만, 애써 모르는 듯 대답해 주었다. 나는 굴하지 않고 말했다.

"아까 제가 누나한테 그랬던 거요. 바다에서 누나 손 뿌리친 거요. 일부러 그러려던 건 아니었어요."

"아냐. 누나 괜찮아. 정말이야. 선이가 그거 때문에 누나한테 많이 미안했나 보구나?"

그녀의 말에 말없이 고개만 끄덕였다. 민정이 누나는 나의 머리를 쓰다듬으며 말했다.

"지금이라도 선이가 사실대로 말해줘서 누나가 더 고마워."

고였던 눈물이 한 방울, 두 방울 조금씩 아주 천천히 떨어졌다.

"선아, 누나 정말 괜찮아. 누나는 전혀 신경 안 쓰고 있었을걸?"

금이 형이 나의 등을 토닥이며 위로해 주었다. 나는 두 사람의 말에 그저 고개만 끄덕일 뿐이었다.

감정을 진정시키고, 낯간지러운 분위기를 깨기 위해 괜스레 그네를 타기 시작했다. 그러나 이미 두 눈에 눈물을 흘렸던 자국이 선명해, 숨기지는 못했지만 말이다. 무겁게 닫혔던 입술을 떼고 두 사람에게 반쯤 잠긴 목소리로 마음속에 담아두었던 생각을 전했다.

"저는 태어날 때부터 부모님이 안 계셨어요. 정확하게는 제가 태어난 날에 사고로 돌아가셨다고 하더라고요. 그래도 평소에 부모님의 빈자리를 느끼지 못할 정도예요! 하지만 가끔은 그 빈자리가 느껴져서 슬플 때가 있었어요. 체육대회 할 때 저는 보육원 선생님이랑 같이 있어서 뭔가 부끄럽기도 했지만, 그것보다 부모님이랑 있는 친구들이 부러웠어요. 또, 소풍 가는 날에 부모님 도시락을 먹는 친구들을 보면 정성이 가득 들어간 음식이 부러웠어요. 제 음식을 보면, 가게에 사 온 김밥이라서 그런지 더욱 초라하게 느껴지기도 했었어요. 그래도 저는 괜찮아요! 텔레비전에서 그랬는데, 외로움도 외롭지 않아 본 사람만 아는 감정이라고 하더라고요. 뭐…. 처음부터 없어서 외로움이 뭔지 모르니까, 괜찮아요!"

거짓말이다. 처음부터 없었지만, 그래도 안다. 부모의 빈자리 정도는. 누구에게도 뱉어본 적 없는 속마음을 뱉으니, 목소리가 떨렸다. 지금 그네를 멈추면 내가 괜찮지 않다는 것을 들킬 것만 같아, 더욱 힘을 주어 그네를 세차게 밀어 올리며 말했다.

"그러다 여기서 형이랑 누나를 보니, 뭔가 부모님이 생긴 것 같아서 좋았어요. 진짜 행복했어요. 형이랑 누나가 제 진짜 엄마, 아빠였으면 좋겠다는 생각도 했어요. 근데요. 그런데요…. 내가 그렇게 생각하면 저를 낳아준 부모님이 너무 불쌍하잖아요. 그렇게 돌아가셨는데, 목숨 바쳐서 살린 아들이 이런 생각 하면 저한테까지 버림받게 되는 거잖아요. 그러면 안 되는 거잖아요. 네? 저까지 그러면 안 되는 거잖아요."

눈물이 흘렀다. 멈추지 않을 것만 같았던 그네가 멈추었다.

'이제 나에게서 거리를 두겠지? 그래. 이게 맞아. 나는 처음부터 혼자였….'

눈물을 흘리면서도 야속하게 이런 생각을 하는 내가 부담스러울지도 모른다고 느끼던 그 순간, 두 사람은 말없이 나를 보드랍게 껴안아 주었다. 부담스러운 생각을 가진 생판 남인 아이임에도 불구하고 나를 안아주는 그들이 너무나도 고마웠다. 그들은 내가 상상하던 부모의 모습을 보여주어 더 많은 눈물이 흘렀다. 두 사람이 내 부모가 아니라는 사실이 그저 아쉽다는 생각이 들었다.

따뜻한 그들의 품속에서 토해내는 울음에는 아쉬움과 걱정, 고아로서의 슬픔, 친부모에 대한 미안함과 혼란의 감정이 복합적으로 얽혀 흘러나왔다.

"다 울었니?"

나의 울음이 사그라들자, 금이 형이 나른한 목소리로 말했다. 흘러나온 콧물을 닦으며 고개를 끄덕였다.

두 사람은 더 이상 내가 울지 않자, 나에게서 살짝 떨어져, 내 앞에 쭈그려 앉았다. 두 사람의 눈빛은 세상 다정하고, "괜찮아."라고 말해주는 느낌을 주었다.

"선이, 눈이 다 부었네~"

민정이 누나가 맺혀 있던 눈물을 닦아주며 말했다. 그녀의 눈을 자세히 보니, 나보다는 아니지만 눈물이 흘렀음을 알 수 있었다. 금이 형은 자리에서 일어나 울타리에 걸터앉으며 말했다.

"선아, 우리는 선이가 무슨 생각을 하든 다 괜찮아. 우리에게 있어서 선이는 오래전부터 아들이었어. 그래서 우리는 선이가 무슨 생각을 하든 다 괜찮아. 우리가 여기서 기다릴게. 그러니까, 우리한테 미안해하지 말고 마음 가는 대로 했으면 좋겠어."

그네에 앉은 민정이 누나가 말했다.

"맞아~ 선이가 우리를 부모님이라고 생각하지 않아도 괜찮아. 그러니까, 너무 우리를 어렵게 생각하지 않아도 돼. 알았지?"

"네…."

두 사람의 말에도, 여전히 내 안에서는 정리되지 않은 생각들이 뒤죽박죽으로 얽혀 돌아다녔다. 그럼에도 오랫동안 쌓인 울분을 토해낸 덕분인지, 마음은 한층 맑아졌다.

"이제 갈까?"

민정이 누나는 미소를 지으며 나에게 손을 내밀었지만, 정리되지 않은 생각들 때문에 선뜻 잡지 못하고 멈칫했다.

'그래. 될 대로 되라고 하자. 엄마, 아빠도 이해해 줄 거야. 내가 언제 또 이런 걸 느껴보겠어?'

지금 망설이면 훗날 후회할 것 같다는 생각이 머리를

스쳤다. 아직 정리되지 않은 생각들은 잠시 뒤로 미루고, 현재에 집중하기로 다짐하면서 그녀의 손을 덥석 잡았다. 두 사람과 함께 전차를 타고 가면서 본 아티카의 저녁노을은 더없이 아름다웠다.

저녁 식사를 어느 정도 끝마칠 무렵, 식사를 하던 두 사람에게 말을 꺼냈다.

"제가 학교에서 있던 일 알려드릴까요?"

평소와는 다르게 식사 도중 말을 꺼낸 데에는 특별한 이유가 있었던 건 아니다. 다만, 두 사람이 말없이 챙겨준 작은 배려와 조용히 곁에 있어 준 시간이 내 마음을 온전히 열 수 있게 만들어 주었다. 적어도 지금 내 앞에 앉은 젊은 부부 앞에서는, 참아왔던 수다스러운 내가 되어도 괜찮겠다는 생각이 들었다.

나의 말에 수저를 들고 있던 두 사람이 잠시 서로를 바라보다가, 이내 입꼬리를 올리더니 고개를 한 번 끄덕였다.

"글쎄, 아니! 막, 제가요…!"

두 사람의 표정만 봐도 알 수 있었다. 내 이야기를 기다리고 있다는 걸. 나는 그동안 참아왔던 얘기들을 하나둘씩 꺼내기 시작했다. 초등학생 중에서 맏형이라는 이유로 보육원에서 대신 혼났던 일. 옆 학교랑 축구하면서 골을 여러 개 넣었다는 자랑까지. 남들이 흘려듣던 이야기에 귀를 기울이는 두 사람 덕에, 내 목소리는 점점 힘을 얻고 손짓도 저절로 커졌다.

저녁 식사를 마친 뒤에도 우리는 식탁에서 쉽게 일어날 수 없었다. 식은 반찬들 위로 웃음이 피어올라, 그 자리를 따뜻하게 데우고 있었으니까.

시간은 어느덧 깊은 밤으로 접어들었고, 얇은 이불 속에 몸을 집어넣었다. 구멍 난 커튼 틈으로 아티카의 달빛이 쏟아져 들어오니, 눈이 스르륵 감겼다.

"으아~ 기분 좋은 아침인데, 오늘?"

청량한 바닷바람이 뺨을 스치자 자연스럽게 눈이 떠졌다. 푹 잠들었던 덕분인지 상쾌한 정신과 가벼운 몸이 느껴져, 자연스레 혼잣말이 절로 나오던 순간이었다.

"악!"

하늘은 이미 한낮처럼 밝았고, 집 안은 너무 고요했다.

'설마…. 늦잠?!'

황급히 방문을 열자, 먼지 한 톨 없이 정돈된 거실이 눈앞에 펼쳐졌다. 사람의 온기마저 느껴지지 않았다. 그때, 문 너머에서 두 사람의 말소리가 들려왔다. 민정이 누나와 금이 형의 목소리였다.

"어? 선이 일어났어?"

"잘 잤니?"

금이 형과 민정이 누나가 현관문을 열고 일제히 나를 보곤 말했다. 두 사람에게서 짙은 바다의 향이 풍겨온 것으로 보아, 일하고 온 것이 분명했다.

"선아, 잘 잤어?"

상의 끝에서 바닷물이 뚝뚝 떨어지는 채로 민정이 누나가 말했다.

"아, 네."

나는 두 사람만 바다에 간 것에 서운함을 드러내지 않기 위해 아무렇지 않은 척 대답했다.

"아, 선이가 워낙 잘 자고 있어서 그냥 누나랑 단둘이 갔어. 어제 피곤했을 것 같아서 도저히 깨울 용기가 안 났어. 우리끼리만 가서 서운했으면 미안해. 형이랑 누나를 용서해 줄 수 있겠니?"

나의 감정이 티가 났는지, 금이 형이 눈치를 채고 나긋나긋한 목소리로 말했다.

"네. 대신 다음에는 저 깨우고 가주세요. 알겠죠?"

신중한 목소리로 말했다. 나의 말에 금이 형은 입가에 미소 띠며 말했다.

"그래. 다음에는 꼭 깨워줄게."

민정이 누나는 2층으로 올라가며 말했다.

"선아, 얼른 누나가 씻고 밥 차려줄게. 조금만 기다려 줘."

"아, 네."

두 사람이 씻는 동안, 거실 책장에 있는 책들을 천천히 살펴보았다.

"어려워 보이는 책들이 많네."

책장의 책들은 박사학위를 준비하는 대학생들이 보는 책들처럼 두껍고 묵직했다. 주로 바다와 관련된 서적이었다.

"선아, 밥 먹고 우리랑 갈 곳 있으니까 밥 다 먹고 나갈 준비하자. 알겠지?"

씻고 나온 민정이 누나가 앞치마를 두르면서 말했다.

식사 준비가 끝나자, 우리는 식탁에 둘러앉아 점심을 먹기 시작했다.

"아, 네. 근데, 저희 어디 가요?"

식사 중 두 사람을 향해 말했다. 금이 형은 어깨를 들썩이며 미소로 대답했다.

"비밀."

몹시 궁금했지만, 꾹 참고 밥을 먹었다. 계속 질문하거나 재촉하면, 밥 먹는 시간이 더 지체되어서 호기심 해소까지 오래 걸릴 것만 같아서 꾹 참았다. 무엇보다 보육원에서 밥 먹을 때, 시끄럽게 떠들면 형들한테 많이 맞았다. 때에 따라 맞는 빈도는 다르지만, 형들 기분에 따라서 더 심해지기도 했다. 어떤 날에는 밥 먹을 때, 동생들이랑 떠들었다는 이유로 야구 방망이로 엉덩이에 피멍이 들 정도로 맞았다. 고통스러운 기억 때문에 식사 시간에 오래 떠들지 않게 되었다. 공포로 각인된 습관이 있어도 간혹, 기분에 따라서 잊기도 한다. 어제처럼 말이다.

"잘 먹었습니다."

밥을 후다닥 먹고 양치까지 마친 나는, 설렘 반 긴장 반으로 외출 준비를 서둘렀다.

그때, 누군가가 가볍게 현관문을 두드렸다.

"계세요? 아줌마, 아저씨!"

문 너머의 익숙한 목소리. 소민이었다.

'왜…. 쟤가 여길?'

약간의 불안감이 엄습해 왔다. 설마 하는 심정으로, 현관문으로 다가갔다.

"왜 왔어?"

나는 문을 열며, 무심한 듯 말했지만 내심 그녀가 온 것이 달갑지 않았다.

"안녕? 아줌마랑 아저씨가 불러서 왔지. 너 보러 온 거 아니니까, 신경 꺼."

"참내."

소민의 말투는 평소처럼 얄미웠고, 나는 괜히 마음이 더 뒤숭숭해졌다. 제발, 그녀가 우리의 나들이에 끼지 않길 간절히 기도했다.

그 순간, 금이 형의 목소리가 들려왔다.

"어, 소민이 왔네. 늦지 않고 잘 왔구나."

"당연하죠~ 제가 누군데요."

나와 대화할 때랑은 전혀 다른 상냥한 목소리. 소민이가 더욱더 얄미워졌다.

신발을 신는 금이 형이 나에게 말을 걸었다.

"우리만 가긴 좀 심심할 것 같아서, 소민이도 불렀어. 둘이 친하니까, 재미있게 놀 수 있을 것 같아서."

"아…."

고개를 끄덕이긴 했지만, 우리들만의 특별한 외출이라고 믿었기에 마음 한편에 서운함이 스몄다.

'그럼 그렇지. 내 인생이 뭐. 에휴…. 뭐 어쩌겠어. 이미

벌어진 일. 받아들여야지.'

보육원에서 더 큰 실망을 여러 번 겪었던 터라, 금세 현실을 받아들였다. 마음을 다잡고 고개를 들었을 때, 민정이 누나가 현관 너머에서 나를 부르는 소리가 들렸다.

"선아, 뭐 해? 얼른 가야지!"

"아. 네!"

우리는 대문을 나서 언덕을 조금만 내려가면 있는 노면전차 정류장으로 향했다.

"아, 온다."

정류장에 도착하자마자 노면전차가 도착했다. 우리는 전차에 올라타 많은 정류장을 지나치면서, 아이의 손을 잡은 물고기 사람과 지팡이를 짚고 올라타는 돌고래 할아버지를 비롯해 많은 아티카인을 볼 수 있었다. 그저 어디에서나 볼 수 있는 풍경이었다.

꽤 많은 정류장을 지나치니, 전차 안에는 우리밖에 남지 않았다. 주변 풍경도 시골의 풍경처럼 보이기 시작했다.

"선아, 이번 정류장에서 내릴 거야."

금이 형의 말에 우리는 넝쿨이 감겨 있는 정류장에서 내렸다. 정류장의 한쪽 구석에는 거미줄이 있고 의자는 먼지가 하얗게 쌓여 있었다.

"저희 어디 가는 거예요?"

금이 형은 나의 궁금증에 대해 힌트만 말해줄 뿐, 결코 정답을 이야기해 주진 않았다.

"아, 전에 선이가 아티카인의 모습에 대해 궁금했지? 그 궁금증을 해소할 수 있는 곳이야."

"엥? 그게 뭐예요?"

"가보면 알아. 조금만 더 힘내자."

"네…!"

나는 세 사람의 뒤를 따라, 정류장 뒤편으로 향했다.

"엥? 이게 무슨….'

정류장 뒤편에는 거대한 풀들이 울타리처럼 자라 있어 깜짝 놀랐다. 정류장과 주변 풍경은 인적이 끊긴 듯한 분위기를 자아냈지만, 풀의 울타리는 전혀 그렇지 않았다. 일정한 높이에 정갈한 직사각형으로 잘라낸 것만 같은 풀들은 성인 남성의 키보다 몇 배는 더 높았다. 풀 장벽의 높이와 길이에서 풍겨 나오는 분위기에 살짝 무서운 기분이 들어, 연신 두 팔을 쓰다듬었다. 흙길의 중앙에는 잡초가 작게 자랐지만, 사람들이 지나는 길에는 잡초가 전혀 보이지 않았다.

"홍살문."

흙길 끝에는 산의 입구인 하얀 순백의 홍살문이 신성한 기운을 내뿜으며 우두커니 서 있었다. 홍살문은 넝쿨에 둘러싸여 있어 관리가 되어 있지 않음을 알 수 있었다.

홍살문을 지나 산에 올라가니, 돌과 붉은 나무로 만든 홍살문이 산길을 가득 메웠다. 홍살문 기둥에는 알 수 없는 한자가 적혀 있었다.

무수히 많은 거대한 홍살문 사이사이에는 작은 홍살문이 눈에 들어왔다. 작은 홍살문 아래에는 돌로 깎인 조각상이 있었는데, 내가 아티카에 오기 전에 바닷속에서 봤던 정체불명의 하얀 무언가였다.

"이선!"

소민이가 나를 불렀다. 내 앞에 있던 세 사람은 홍살문 사이에 있는 샛길 앞에 서서 나를 보고 있었다.

"아, 알겠어!"

황급히 그들이 있는 곳을 향해 달려갔다. 세 사람은 나를 곧장 샛길 중간에 있는 수풀 앞으로 안내했다. 그곳에는 내 눈높이 정도의 크기인 작은 홍살문이 있었다.

"선아, 가자."

금이 형은 안심하라는 듯한 표정을 지으며 말했다. 홍살문 아래의 입구로 들어가기 위해서는 허리만 숙이면

됐다. 하지만 그건 오히려 몸을 더 힘들게 할 것 같았다. 그래서 나는 오히려 네발로 기어들어 가기를 선택했다. 그편이 한결 나을 것 같았으니까. 입구에 몸을 들이밀자, 풀 줄기로 얽힌 통로가 우리를 맞이했다. 힘들기는 했지만, 내심 애니메이션에서 보던 모험이 또다시 시작되는 것만 같아서 마냥 신기하고 즐거워서 힘듦의 정도는 크게 신경 쓰이지 않았다. 통로의 끝을 향해 기어가자, 반대편 입구의 빛이 보이기 시작했다. 통로를 지나 허리를 펴고 일어섰을 때, 눈앞에 펼쳐진 풍경에 감탄을 금치 못했다.

"우와. 대박."

이곳은 밖과는 전혀 다른 경관이 눈앞에 펼쳐져 있는 땅속 깊은 동굴이었다. 동굴 천장에는 나무의 뿌리 일부분이 드러나 있고, 날아다니는 잠자리와 나비들이 그 사이를 자유롭게 날아다니고 있었다. 입구 바로 앞에는 잔잔한 호수가 있고, 그 끝에는 돌로 만든 홍살문이 우뚝 서 있었다. 홍살문 뒤로, 나무들이 감싼 자리 한가운데 작은 신사가 보였다.

"물고기다!"

통로를 빠져나와 몸에 묻은 풀과 흙을 털고 호수에 다가가 자세히 보니, 물은 발목까지 찰 정도로 얕았다. 호수는 어딘가 바다와 연결되어 있는지, 청량하고 투명할 정도로 깨끗했고 바다에서 보는 물고기들이 유유히 헤엄치고 있었다. 자세히 보면, 살짝 살짝씩 파도의 여운이 호수에 닿는 모습도 보였다.

"우와…. 여기는 어디예요?"

옷에 묻은 풀과 흙을 털면서 나에게 다가온 금이 형에게 물었다. 그는 작고 좁은 통로를 빠져나오느라 힘들었는지, 깊은숨을 내쉬며 대답했다.

"여기는 원래 아티카 신사였던 곳이야. 신사가 다른 곳으로 옮겨지면서 지금은 이렇게 버려진 채 방치되었지."

우리는 호수 옆길을 따라 신사로 향했다. 신사의 지붕은 내가 여태껏 보아온 절과는 사뭇 다른 느낌이었다. 기와지붕 대신 흙이 덮여 있고, 그 위로 풀과 나무들이 자라 작은 숲을 이루고 있었다. 신사의 내·외부는 이끼와 먼지, 풀로 가득 차, 오랜 세월 방치된 듯했다.

입김을 불어 신사 바닥의 먼지를 날리니, 먼지가 신사 내부 이곳저곳으로 흩날렸다. 우리는 흩날리던 먼지가 내려앉아서야, 삐걱거리는 나무 바닥을 밟고 내부로 들어설 수 있었다.

"엥?"

신사 제일 안쪽에는 여느 다른 신사와 같게 금상과 여러 구조물을 볼 수 있었다. 유독 나무로 만든 복전함에 시선이 갔다. 복전함에 돈 넣는 입구 가장자리에는 거미줄이 쳐져 있었지만, 정중앙은 이상하리만큼 깨끗했다. 어제에도 누군가 돈을 넣은 듯한 기분이 들 정도로 말이다.

  복전함 앞에는 다른 신사에서 흔히 볼 수 있는 부처님이나 신의 형상 대신, 전에 보았던 하얀 무언가가 금색으로 칠해져 있었다.

  "이 금상의 모습은 아티카인들이 처음 아티카에 오기 전의 모습이란다. 금상의 이름은 '아혼'이지. 인세에서는 '에코'라고도 불리기도 한단다."

  금이 형의 말을 듣고서야 알았다. 홍살문 사이에 있던 작은 조각상도, 이곳에 오기 전 바다에서 본 하얀 형체도 아혼이었음을.

  금이 형이 복전함에 돈을 넣자, 우리는 일제히 잠깐 기도 시간을 가졌다. 나는 당장 아무 생각이 들지 않아 대충 기도하는 척만 했다. 실눈을 뜨고 옆을 보니, 세 사람은 무언가 간절히 원하는 듯 진지하게 기도하고 있었다.

  기도를 마치고, 우리는 신사에서 나와 주변을 둘러보았다. 신사 앞에 있는 호수와 코앞에 놓인 홍살문은 사뭇 신비로운 분위기를 한층 더 살려주었다. 신사 뒤에는 거대한 돌로 만든 아혼의 돌상과 먼지에 뒤덮인 석판이 있었다.

"情恕理遣(정서이견), 海諒(해량)."

입김과 손으로 먼지를 털어내니, 글자가 모습을 드러냈다. 나는 이 한자가 무슨 뜻인지 궁금해 금이 형과 민정이 누나를 불렀다.

"이게 무슨 뜻이에요?"

두 사람은 잠시 석판을 살펴보다가 서로 눈을 마주치더니, 동시에 어깨를 으쓱대었다. 누가 보아도 모른다는 몸짓이었다.

"야, 이선! 너 이것도 몰라?"

멀리서 지켜보던 소민이가 나의 등을 치며 말했다.

"그럼 너는 아냐?"

나를 무시하는 소민이의 말에 발끈하며 말했다.

"아니, 몰라."

자기는 알고 있다는 듯이 당당하게 말했던 소민이는 한 차례 나를 놀리고는 저 멀리 도망갔다. "뭐야…?" 살짝 어이가 없었지만, 금이 형과 민정이 누나가 곁에 있어 심한 말을 차마 하지 못한 채로 분을 삭였다.

신사 뒤편에는 오래된 창고처럼 보이는 건축물이 조용

히 서 있었다. 나는 그 건물 안을 들여다보고 싶었지만, 가까이 다가갈 수는 없었다. 신사보다 더 오랫동안 방치된 듯, 먼지가 두껍게 쌓여 있는 모습이 멀리서도 보였기 때문이다. 무엇보다 주변에는 풀들이 무성히 자라 있고, 그 사이에 거대한 거미줄이 펼쳐져 있기도 했다.

"야, 이선!"

저 멀리 호수 근처 벤치에서 소민이가 손을 흔들며 나를 불렀다. 그 모습을 본 민정이 누나가 나의 등을 가볍게 밀었다. 황급히 두 사람을 바라보자, 금이 형과 민정이 누나는 의미심장한 미소를 지었다. 머뭇거리는 나에게 민정이 누나가 한쪽 눈을 감으며 말했다.

"얼른 가봐. 숙녀를 기다리게 하면 안 된단다?"

두 사람이 그저 나를 놀리려는 건지, 진심인 건지 파악할 수 없었다. 그저 의미심장한 미소만 지을 뿐이었다.

"저 안 좋아해요."

나는 두 사람을 향해 어림도 없다는 확신의 말을 던지고는, 소민이 쪽으로 걸음을 옮겼다. 소민이는 호수 위에 서 있는 홍살문을 가리키며 말했다.

"야, 저기 봐."

펭귄처럼 생긴 네 마리의 새가 홍살문 위에서 허공을

응시하고 있는 모습이 눈에 들어왔다.

"저 새들은 뭐야? 펭귄이랑 닮았다."

소민이는 자신이 아는 조류 지식을 뽐내기 위해 들뜬 목소리로 말했다. 약간 잘난척하는 듯한 느낌이 들었다.

"저 새는 바다쇠오리야. 등은 검은색, 배는 하얀색의 털의 특징이 펭귄과 많이 닮은 게 가장 큰 특징이야. 진짜 귀엽지? 내가 제일 좋아하는 새 중에 하나야."

그때, 거대한 새 한 마리가 홍살문을 통과해 호수 위에 바람을 가르며 다소곳하게 착지했다. 서양 귀족처럼 우아하게 내려온 새는 부리를 물속에 박더니, 날렵하게 물고기를 사냥해 삼켰다. 조선시대 수묵화에서 볼법한 새의 모습에 시선을 빼앗겨 소민이에게 물었다.

"소민아, 저 새는 뭐야?"

소민이는 당연히 안다는 듯 막힘없이 대답했다.

"큰회색머리아비라고 해. 방금 봤듯이, 잠수하고 사냥하는 게 특징이야."

막힘없이 내가 물어본 것에 대답하는 그녀의 모습을 보니, 그녀에 대한 이미지가 새롭게 다가왔다. 이전에는 어른스러운 면모 속에 철없는 어린애 같은 모습이었지만, 지금의 그녀는 지적인 모습이어서 그녀에게 관심이 생기기 시작했다.

"우리 저기도 가보자!"

소민이와 호수 주변을 걸으며 알락쇠오리, 흰눈썹바다오리, 큰부리바다오리 같은 바닷새들을 보았다. 바닷새들의 특징을 설명하는 소민이의 눈빛은 보석처럼 반짝였다. 새를 설명하는 그녀의 얼굴을 보니, 마음이 간질거렸다.

"얘들아, 가자!"

금이 형이 멀리 있는 우리를 향해 소리쳤다.

옆에 있는 소민이에게 말하고는 곧장 금이 형에게 달리기 시작했다.

"늦은 사람, 바보!"

"야! 치사해!"

소민이는 다급하게 소리치며 뒤따라 달려왔다. 갑작스러운 달리기 시합에 주변 공기의 흐름이 바뀌었고, 새들은 날갯짓하며 응원을 해주었다.

"도착!"

당연하게도 내가 소민이보다 일찍 출발했기에 먼저 도착할 수 있었다. 승부에서 이긴 나에게 실잠자리와 나비는 이곳저곳을 날아다니며, 축하를 해주었다. 소민이는 숨을 헐떡이며 나에게 따지듯 말했다.

"야, 말도 안 하고 그렇게 출발하는 거. 완전 치사해!"

나는 최대한 얄미운 표정을 짓는 동시에 어깨를 으쓱하며 대답했다.

"그러게, 이겼어야지."

금이 형은 미소를 지으며 입을 열었다.

"선이랑 소민이 둘 다 잘했어. 이제 시간도 늦었으니, 집에 갈까?"

"아, 네!"

우리는 신사 구경을 마치고 줄기로 된 통로를 기어 나와, 노을빛으로 물든 정류장에서 노면전차를 탔다. 소민이의 집은 우리 집보다 더 멀었기에 전차 안에서 작별 인사를 했다. 전차에서 내린 후 언덕을 올라 집으로 향했다.

이부자리에 누워 달을 보니 신사에서 겪었던 일이 떠올랐다. 신사와 새로운 동물들과의 만남은, 인류의 흔적이 끊긴 이후 다시 자리 잡은 자연의 생명력과 경이로움을 일깨워 주었다.

6장

 창문 틈 사이로 불어오는 바닷바람을 타고 소금기가 입안에 스며들었다.
 "짭짭…. 으악!"
 갑작스러운 짠맛에 혀가 자극받자 잠이 확 달아났다. 찝찝한 기상에 살짝 짜증이 났지만, 이미 정신이 말짱해져서 하는 수 없이 이불을 개고 거실로 나섰다. 주방에서는 언제나처럼 민정이 누나가 아침 식사를 준비하고 있었고, 금이 형은 어젯밤에 미룬 설거지를 하고 있었다.
 "어? 선이 일어났네? 잘 잤어?"
 설거지로 적셔진 손을 닦던 금이 형이 저벅저벅 주방으로 온 나에게 아침 인사를 건넸다. 나는 졸린 눈을 비비며 답했다.

"아, 네. 안녕히 주무셨어요?"

"응~ 잘 잤지~"

금이 형의 다정한 목소리에 나도 잠긴 목소리로 인사를 건넸다. 내가 식탁 앞에 앉자, 민정이 누나가 따뜻한 비빔밥 한 그릇을 식탁 위에 내려놓았다. 나는 곧장 숟가락을 들고, 식탁 위에 놓인 참기름병을 조심스레 집어 들었다. 맑고 진한 황금빛이 숟가락 위에 고요히 담겼다가, 뜨거운 밥 위로 흘러내렸다. 참기름이 밥알 사이에 스며드니, 고소한 향이 주방 가득 퍼졌다. 이후 삶은 고사리, 무나물, 콩나물, 그리고 바삭하게 부친 달걀 위로 새빨간 고추장을 한 숟가락 떠서 올렸다.

"잘 먹겠습니다."

그릇 바닥까지 정성껏 긁어가며, 고르게 비빈 밥을 한 입 가득 넣었다. 참기름의 윤기와 고추장의 감칠맛을 머금은 밥알 하나하나가 톡톡 터지듯 씹혔다. 씹을수록 신선한 채소들의 아삭함과 그 뒤를 따르더니, 부드럽고 고소한 달걀부침이 혀끝의 신경을 곤두세웠다.

"선아, 어때? 맛있어?"

민정이 누나가 기대에 찬 눈빛으로 나를 바라보았다. 그 눈빛을 마주하자, 기대에 보답하고 싶다는 마음이 먼저 앞섰다.

"네! 제가 먹었던 비빔밥 중에서 최고로 맛있어요! 진짜 정말로 맛있어요!"

조금 더 밝고, 조금 더 과장되게 진심을 꺼내놓았다. 그것이 바로 누나를 위한 내 방식대로의 대답이었다. 기대에 찬 답변에 민정이 누나는 만족스러운 미소를 지었다.

"선이가, 여보 음식을 이렇게 좋아할 줄 몰랐네. 아, 오늘 점심은 김밥 어때?"

금이 형은 행복해하는 민정이 누나를 보며 말했다.

"음. 나는 좋아. 선이는 김밥 어떨 것 같아?"

"아, 저는 좋아요! 맛있을 것 같아요!"

민정이 누나가 해준 밥은 언제나 맛있었다. 따라서 김밥도 틀림없이 맛있을 거라는 믿음이 있어, 나는 망설임 없이 대답할 수 있었다.

화목한 아침 식사를 마친 우리는 늘 그렇듯 바다로 나갈 채비를 하고, 나는 주방에서 김밥 만들 준비를 하는 민정이 누나에게 향했다.

"제가 도와드릴게요!"

"그래 주면, 누나야 좋지~"

민정이 누나가 접시에 올려둔 단무지, 시금치, 당근, 햄,

달걀 지단을 보기 좋게 가지런히 정리했다. 민정이 누나가 간을 한 밥을 김 위에 올리고 각종 재료를 넣어 단단하게 말고는 참기름을 쓱쓱 발랐다. 민정이 누나는 칼로 정갈하게 자른 김밥을 나에게 건넸다.

"멋진 이선이, 도시락통에 멋지고 예쁘게 넣어줄 수 있지?"

"네! 당연하죠!"

정갈하게 보기 좋게 도시락통에 김밥을 채워 넣으니, 어느새 참치김밥, 김치 김밥, 치즈김밥, 원조 김밥이 들어간 점심 도시락이 완성되었다.

도시락을 들고 우리는 집 밖을 나섰다. 곧장 노면전차를 타고 해변에 도착한 우리는 물품 보관함에 도시락과 여벌 옷을 두었다. 바다에 들어갈 준비가 끝나자, 수염이 덥수룩한 아저씨가 자신의 배를 쳤다. "퉁!" 그의 신호에 맞춰 우리는 늘 그랬듯이 바닷속으로 걸어 들어갔다.

이번엔 전보다 더 깊숙한 방향으로 향했다. 바다는 서서히 푸르름을 걷어내고, 낯선 얼굴을 드러냈다.

'이제 햇빛이 잘 보이지 않네….'

바다는 여전히 푸르렀지만, 그 깊은 품은 더 이상 따뜻하지 않았다. 포근한 포용력은 사라지고, 어두컴컴한 심연의 오싹함이 살얼음처럼 온몸에 퍼져나갔다. 검은 바다 밑 모랫바닥 위로 색 바랜 캐릭터 모형, 찌그러진 음료수 뚜껑, 그리고 모래에 반쯤 잠긴 일회용 마스크. 예상치 못한 인간의 흔적이 모습을 드러냈다.

어떤 쓰레기는 너무 커서, 아티카인 여러 명이 힘을 모아 치워야만 했다. 작고 자를 수 있는 쓰레기는 우리가 칼로 잘라서 허리춤에 있는 가방에 차곡차곡 담았다. 이곳은 단순한 바다가 아니었다. 우리가 살아온 시간의 뒤편, 애써 외면하였던 진실이 고요하게 가라앉아 있는 쓸쓸한 공간이었다.

바닷속을 정리하던 중, 작은 문어 하나가 눈에 들어왔다. 문어는 투명한 플라스틱 컵에 몸을 웅크리고 있었다. 그 모습이 어쩐지 안쓰러운지. 금이 형이 아티카인 몇 명을 데리고 먼저 움직였다. 큰 조개껍데기를 찾아, 문어 앞에 놓았다. 문어는 잠깐 망설이다가, 천천히 플라스틱을 벗고 조개껍데기로 몸을 옮겼다. 문어는 조개껍데기가 마음에 들었는지, 팔을 흔들며 우리를 향해 작별 인사를 건넸다. 이후 문어는 조용히 물속으로 걸어가더니, 어느새 자취도 없이 홀연히 사라졌다.

"잘 가!"

문어가 가벼운 걸음으로 살아지자, 내심 기분이 좋았다. 내가 직접 도운 건 아니었지만, 마치 내 일처럼 뿌듯함이 밀려왔다. 나는 자원봉사자들이 왜 기꺼이 선행을 나서서 하는지를 조금은 알 것 같았다.

"통!" 수염이 덥수룩한 아저씨가 배를 치자, 주변은 강한 파동에 잠시 일렁였다. 아저씨는 자기에게 시선이 집중된 것을 확인하고는 곧장 저 밑으로 헤엄치기 시작했다. 다른 아티카인들도 그저 묵묵히 아저씨의 뒤를 따라, 아래로 내려갔다.

"안…. 보여."

아티카인들이 향하는 곳은 손을 뻗으면 손끝조차 보이지 않을 만큼 어두웠다. 지금까지는 내 앞까지는 보였던 단순한 칠흑이었다면, 이제 갈 곳은 몸을 갉아 먹는 어둠이라 표현해야 할 정도로 선뜻 헤엄쳐 가기엔 무리였다.

'저길 어떻게 가라는 거야…. 나는…. 나는 절대 못 가…!'

심해의 어둠에 잡아먹혀, 몸을 움직일 수 없었다. 같이 가달라고, 도와달라고 소리를 치고 싶었지만, 공포에 몸이 굳어 목소리가 나오지 않았다.

"자, 형 손을 잡아."

듣는 순간 마음이 안정되는 목소리로 금이 형이 말했다.

"아, 네."

끝없는 어둠으로 들어가는 건 용기가 필요했다. 금이 형이 내민 손을 잡는 순간, 이상하게도 모든 게 안전하리란 믿음이 생겼다.

'지금 어디를 가는 거지?'

어느 정도 헤엄을 치니, 의아함을 느꼈다. 팔 끝이 사라질 만큼 어두웠지만, 금이 형은 목적지를 향해 망설임 없이 나아갔다. 분명, 나와는 다른 헤엄이었다.

"선아, 조심하자."

금이 형이 뱉는 말의 의미를 몰랐지만, 알아차리는 데 그리 오랜 시간이 걸리지 않았다.

"아니…."

손을 뻗자, 닿은 그물 속에서 단단한 무언가가 느껴졌다. 자세히 얼굴을 들이미니, 어업용 그물에 걸려 있는 바다거북이가 죽은 채로 방치되어 있었다. 금이 형과 민정이 누나가 그물을 자르고, 나와 소민이는 잘게 자른 그물망을 하나씩 회수했다. 자른 그물망을 전부 회수하지 않으면, 해양 동물이 그것을 삼켜 죽을 수도 있기에 모든 그물을 회수해야만 한다.

'너무…. 너무하잖아. 그물을 제대로 다시 가져가기만 해도 이런 일은 없을 것 같은데…. 왜….'

오랫동안 방치되어 이끼로 덮여 있는 그물망을 보니, 어부의 무책임함에 화가 났다.

"미안해. 정말…. 미안해. 거북아."

같은 사람으로서, 거북이에게 미안한 감정이 들어 기분은 저 밑바닥까지 내려앉았다.

그물을 전부 회수하고, 나는 다시 금이 형의 손을 잡았다. 금이 형의 손을 잡고 헤엄을 치다가, 점차 밝아지는 바다를 보며 지긋지긋한 어둠과의 이별이 가까워졌음을 느꼈다.

어느 정도 빛이 뚫고 오는 수심에 도달하자, 금이 형의 손을 놓고 홀로 헤엄을 쳤다. 금이 형의 손을 싫어해서는 아니다. 그저, 손을 잡을 이유가 지금은 없어서 놓았다. 무엇보다 남자와 손을 단둘이 잡은 게, 이상하리만큼 낯설고 어색했다.

계속해서 위로 헤엄치자, 해수면에 점차 가까워지고 있다는 확신이 들었다. 해수면과 근접한 수심에서만 보이는 에메랄드빛의 기둥이 저 위에서 춤을 추듯 일렁이는 것을 보니, 그 짐작이 틀리지 않았음을 알 수 있었다.

"푸하!"

아티카인들은 나처럼 해수면 위로 올라올 때, 숨을 뱉는 소리를 내지 않았다. 그 이유에 대해서는 잘 모르겠지만, 이 소리를 내는 사람은 나 혼자였다. 물론, 나도 소리를 내지 않아도 되었다. 습관인지, 생존 본능인지는 모르겠지만, 결코 의도가 아닌 행동이었다.

"에?!"

바닷물에 적셔진 머리를 가볍게 털며 주변을 둘러보니, 어업용 그물에 걸린 바닷새들이 보였다. 어떤 바닷새는 목만 해수면 위로 내놓으며 간신히 숨을 내뱉고 있었지만, 조금씩 바닷물을 마시고 있는 것처럼 보였다. 허우적거리는 바닷새 주위에는 이미 죽은 새들이 가득했다. 어구에 걸린 친구를 부표 위에서 바라만 보는 바닷새의 지저귐에서는 슬픔이 담겨 맨정신으로 듣기 힘들었다.

"진짜…. 이거는 아니잖아. 이러면 안 되는 거잖아…."

충격이라는 그물에 걸려, 정신을 차리지 못하는 내 시야에 서둘러 그물에 걸린 바닷새들을 구조하러 가는 작디작은 아티카인들이 들어왔다. 바닷새들을 구하러 가는 이들의 표정은 사명감이 가득 담겨 있었고, 입술은 굳게 다문 채 결의를 다지고 있었다. 그들의 얼굴을 보니, 충격에서 헤어 나오지 못한 나의 정신이 간신히 제자리를 되찾을 수 있었다.

"지금 이럴 시간이 없어…! 살아 있는 애들이라도 구해야 해!"

생애 가장 빠른 수영 속도를 내며, 바닷새들에게 향했다. 곧장 우리는 바닷새들의 발과 몸에 엉킨 그물을 끊어내기 시작했다. 일분일초가 다급한 시간에도 오랜 시간 호흡을 맞춰온 이들답게 살아 있는 여덟 마리의 바닷새를 구했다.

나는 사선을 다투는 시간 속에서 손이 떨려 제대로 하지 못했지만, 능수능란하게 잘라야 하는 그물만 정확하게 잘라내서 구하는 아티카인들을 보니 새삼 대단하다는 생각이 들었다.

인간에 대한 분노와 동물에 대한 미안함에 주먹을 불끈 쥔 채로, 금이 형에게 말을 걸었다.

"있잖아요. 여기 있는 그물들 전부 치우면 안 돼요? 물고기 잡는 그물 하나 때문에 너무 많은 동물이 고통을 받는 게 너무…. 이거는 아니잖아요! 안 그래요?!"

흥분한 나의 말에도 금이 형은 되려 더욱 차분한 표정을 지으며 말했다.

"선아. 선이의 말대로, 그물로 인해 해양 생태계가 피해를 보는 것도 사실이지만 문제는 그물 자체가 아니란다. 그것을 펼치고도 거두지 않는, 책임을 다하지 않은 어부의 잘못일 뿐이지. 자연은 원래 약육강식의 세계고, 인간은 그 생태계의 정점에 있는 존재란다. 인간이 물고기를 사냥하는 건 자연의 섭리에 따라 이뤄지는 일이야. 그래서 어획 행위 자체를 잘못이라고 할 순 없단다. 하지만 그 과정에서 다른 생명들이 무의미하게 위험에 처하게 된다면, 우리는 그들을 도와야 한단다. 그게 우리의 책임이고 최선이란다. 그 이상으로 자연의 질서에 개입하려 해선 안 돼. 섭리를 거스르는 건, 결국 더 큰 균형을 무너뜨리는 일이 될 테니까 말이야."

나는 금이 형의 말을 듣고 아무 말도 할 수 없었다. 금이 형의 말을 온전히 알아들은 건 아니었지만, 대충 무슨 뜻인지는 알 것 같았다. 지금 내가 가지는 생각이 맞다고 반박하고 싶었지만, 마땅히 해야 할 말이 떠오르지 않아 답답할 뿐이었다.

"전에 아티카인의 모습에 대해 궁금해했었지? 이제는 말해줄 때가 된 것 같구나. 아티카에 사는 이들은 살아생전 바다 생태계에 속해 있던 해양 동물들이었단다. 이들은 전부 인간이 버린 해양 쓰레기에 피해를 보고 죽은 영혼들이야. 그 영혼들과 쓰레기를 버린 사람의 영혼이 섞여 우리가 아는 아티카인이 된 거란다. 그러다 보니, 생전 쓰레기 때문에 다친 부위가 아티카인이 되어서도 흉으로 남아 있는 거란다. 그런 모습을 볼 때마다 형도 화가 나. 마음 같아서는 그물을 전부 없애고 복수하고 싶지만, 그러지 않기로 다짐했단다."

금이 형이 나의 손을 잡으며 말했다.

"형은 아티카인이 존재하는 이유는 복수가 아니라 억울하게 죽는 해양 동물들을 구하기 위해서라고 태어난 존재라고 믿는단다. 형도 선이의 말에 공감하지만, 오늘은 구조하는 것으로 위안을 삼자. 알겠지?"

"네…."

바다가 모든 소리를 먹은 듯, 우리는 침묵 속을 헤엄쳐 갔다. 저 밑, 아래로.

"선아, 저기 봐봐."

금이 형의 말에 고개를 들어 올려, 앞을 보았다.

형형색색의 거대한 산호초 속에 자리한 여러 산호 군락은 마치 도시의 야경처럼 황홀하게 펼쳐져 있었고, 그 사이를 유영하는 물고기들은 유성우처럼 반짝였다. 그 경이로운 자연의 경관을 바라보니 나의 마음은 한층 누그러지는 듯했다. 그러나 그 속에 여러 해양 쓰레기가 보여, 마치 수중 낙원에 흠집이 난 것 같아 눈살이 찌푸려졌다.

쓰레기 청소를 하던 중, 얼룩무늬 새우 두 마리가 불가사리를 먹고 있는 장면을 보게 되었다. 두 새우가 맛있게 식사하던 중, 곰치가 그들을 방해하자, 새우들이 합심하여 곰치에게 집게발을 날리니, 바다가 작게 일렁였다. 새우들의 매콤한 집게발에 놀란 곰치는 허겁지겁 도망쳤다. 새우들은 곰치를 이겼다는 사실에 춤을 추었다.

새우들의 춤을 구경하고, 주변에 더 이상 쓰레기가 없는지 확인하기 위해 다른 곳으로 이동했다. 그때, 저 멀리서 바닥을 쓸며 모래바람을 일으키는 검은 무리가 보였다. 날카롭게 가시를 뻗은 검은 솜뭉치들은 다름 아닌 성게였다. 성게들은 자기 가시에 꽂힌 비닐봉지를 주렁주렁 달고 나에게 다가왔다.

"비닐을 나한테 치워달라고 온 거야?"

나의 말을 알아들은 듯, 성게가 가시를 위아래로 움직였다. 성게 가시에 찔리지 않도록 조심스럽게 비닐봉지 안으로 들어갔다. 비닐봉지를 벗겨내기 위해 바깥으로 헤엄쳤으나, 혼자의 힘으로는 역부족이었다.

"우리가 도와줄게!"

근처에 있던 아티카인들이 비닐봉지 속으로 들어와 도와주었다. 덕분에 비닐봉지를 수월하게 수거할 수 있었다. 바닷물에 땀을 닦으니, 어떤 성게가 나에게 다가왔다.

"너도?"

성게가 고개를 끄덕였다. 낚싯줄에 가시가 엉켜 있어 시간이 걸렸지만, 결국 아티카인들과 함께 잘 풀어주었다. 더 이상 걸리적거리는 게 사라지자, 성게들이 모래를 밀어내며 푸른 물속에 홀연히 자취를 감추었다. 성게들의 인사에 기분이 좋아진 나는 도움이 필요한 물고기를 찾아 또 다른 장소로 이동했다. 이게 인간인 우리가 저지른 죄를 조금이나마 만회할 수 있는 일이라 믿으며, 산호 군락 사이사이를 세세하게 보았다.

자연스럽게 헤엄치다 보니, 어느새 말미잘이 가득한 장소에 도착했다. 이곳은 육식성 물고기가 없어서인지 한층 더 평화로워 보였다. 파도에 흔들리는 말미잘 사이에 혹시 모를 쓰레기가 있는지 자세히 살펴보았다. 그때, 어디서 많이 본 물고기가 눈에 들어왔다.

"어?! 니모다!"

초록색 말미잘 위로 두 마리의 흰동가리가 있었다. 영

화에서 보던 물고기를 실제로 보게 되어 기쁜 마음으로 다가갔다. 자세히 보니, 두 마리의 물고기는 서로 물어뜯으려는 싸움을 벌이고 있었다. 나는 동심을 파괴하는 현장을 막고 싶었지만, 금이 형이 말한 자연의 섭리가 떠올라 그럴 수 없었다. 당황스럽고 충격적인 싸움은 결국 오른쪽에 있던 물고기의 승리로 끝났고, 패배한 물고기는 다른 말미잘을 찾으러 떠나게 되었다.

때론 자연이 보여주는 무자비함을 보게 되어 조금 무섭다는 생각이 들어, 서둘러 자리를 피하기에 급급했다.

다른 곳으로 헤엄치던 중, 바닥에 입을 가져다 대고 있는 여러 종류의 물고기를 발견했다. 하얀 물고기들이 하얀 모래 속에 입을 대는 모습은 어디에서 본 적도, 들은 적도 없었기에 정말 신기했다. 그 속에서 보라색의 거대한 물고기인 그물쥐치가 모습을 드러냈다. 그물쥐치가 나를 보자, 입으로 물을 쏘고는 모래 먼지를 만들었다. 다시금 눈을 떴을 때는, 그물쥐치의 모습은 모래바람 속에 가려져 사라지고 없었다.

자연의 신비함에 매료되던 중, 바다를 떠다니는 초록색의 쓰레기를 발견하게 되었다. 다가가서 자세히 보니, 이는 쓰레기가 아닌 위장한 해마였다. 이질적인 내가 근처에 있자, 해마는 주변에 있는 산호의 색으로 위장하였다.

"카멜레온 같다. 진짜 신기해!"

해마의 위장술에 감탄하다 보니, 위장한 해마를 시야에서 놓치고야 말았다. 해마를 놓친 아쉬움에 발걸음을 돌리던 중, 바닥에 덩그러니 있던 돌이 움직이는 것을 보게 되었다. 처음에는 착각인 줄 알았지만, 돌은 착실하게 조금씩 움직이고 있었다.

"돌이 어떻게 움직이지?"

다가가서 손가락으로 살짝 건드리자, 돌은 빠르게 헤엄쳐 도망갔다. 돌이라고 생각했던 것은 다름 아닌 돌의 모습을 한 물고기였다. 쓰레기를 치우자는 사명감을 품었던 아이는 점차 자연의 신비에 행복해하며 즐거워하는 순진무구한 아이로 변해 있었다.

바다의 풍경에 매료되어 헤엄치던 중, 두 마리의 하얗고 푸른 물고기인 청소놀래기가 나에게 다가왔다. 두 물고기는 갑자기 내 입을 향해 박치기하기 시작했다. 순간 놀랐지만, 청소놀래기와 관련된 다큐멘터리를 학교에서 보았던 기억이 떠올랐다. 나는 이내 이들의 의도를 파악하고 입을 열어주었다.

"으하, 간지러워!"

청소놀래기가 입에 들어가 곧바로 청소하기 시작했다. 그들이 헤엄치며 청소할 때마다 입안이 간지러워서 웃음이 나오려 했다. 그런 내 마음을 아는지, 청소놀래기는 빠르게 청소를 마치고 다음 손님을 찾으러 떠났다.

"잠깐만, 왜 내 입을 청소한 거지? 나, 양치질 꼼꼼히 하는데…. 내가 그렇게 더러웠나?"

기분 좋은 것도 잠시, 청소놀래기가 나를 청소했다는 사실이 마치 씻기를 소홀히 했다는 의미처럼 다가와 억울함이 스쳤다.

억울함을 흘려보내고 본업으로 돌아가기 위해 산호 사이와 바다 동물들의 몸에 걸린 그물, 그리고 각종 쓰레기를 수거했다. 자기들의 집을 청소해 주는 나에게 고마움을 표시하는 해양 생물들을 보며, 속으로는 자연에 대한 미안함과 함께 뿌듯함을 느껴 오묘한 기분이 들었다. 상반된 감정들이 어우러져 가슴 깊이 파고드니, 서로 다른 물결은 절대 섞이지 않았다.

물고기의 천국, 산호초와 산호 군락을 청소하다 보니 어느새 쓰레기 수거용 가방이 가득 찼다. 더 이상 청소를 할 수 없어, 금이 형이 있는 곳으로 돌아갔다. 모두가 금이 형 주변에 있었는데, 다들 쓰레기 수거용 가방이 나처럼 가득 차 있었다. 그만큼 산호초에는 정말 많은 쓰레기가 있었음을 알 수 있었다.

"자, 이제 여긴 이만 마무리하고 돌아가자고."

"네!"

물개 아저씨의 말에 모두가 일제히 고개를 끄덕이며 대답했다. 쓰레기 수거용 가방이 마대처럼 거대해지니, 다들 헤엄치는 속도가 현저히 느려졌다. 돌아가는 길은 힘들었지만, 바닷속이 어제보다 깨끗해졌다는 믿음 덕분에 발걸음은 확실히 가벼웠다.

아티카 해변에 발을 들인 우리는 해변 한구석에 쓰레기 가방을 모아두었다.

"웃차!"

가방을 내려놓으니, 나도 모르게 입에서 효과음을 내고 말았다. 주변에 아티카인들이 있었지만, 부끄럽지 않았다. 예전부터 나는 이랬으니 말이다. 이후, 민정이 누나와 금이 형과 함께 물품 보관함 쪽으로 발걸음을 옮겼다. 해변에 가져온 돗자리를 펼치고 아침에 준비한 도시락을 꺼내었다.

"소민아, 너도 와서 먹으렴."

조용히 해변을 떠나려던 소민이에게 민정이 누나가 말

을 걸었다. 소민이는 손사래를 치며, 최대한 정중하게 이를 거절했다.

"죄송해요. 오늘 아빠 가게에서 밥 먹기로 해서요. 다음에 기회 되면 꼭 먹을게요! 감사합니다. 그럼….""

그녀는 우리에게 인사를 하고 유유히 해변을 빠져나갔다.

우리는 아침부터 준비한 도시락통을 열어, 김밥을 먹기 시작했다.

"맛있다!"

나는 김밥 하나를 입에 넣고 감탄했다. 비록 차갑게 식은 김밥이었지만, 고소한 참기름의 향과 함께 다양한 재료들의 식감이 신선했다. 아삭아삭한 채소와 짭조름한 김의 풍미는 식었음에도 여전히 입맛을 돋우었다. 가게에서 먹던 김밥과 크게 맛이 다르지 않았지만, 세상에서 가장 맛있다고 말하고 싶어질 정도로 맛있었다. 행복한 표정을 지으며, 김밥을 먹는 나에게 민정이 누나가 말을 걸었다.

"선아, 맛있어?"

"아, 네! 정말 맛있어요! 세상에서 가장 맛있는 김밥이에요!"

민정이 누나에게 엄지를 치켜세운 손을 내밀며 대답했

다. "맛있다." 늘 그녀의 음식을 먹을 때마다 했던 대답이었지만, 그 말에는 거짓 하나 섞여 있지 않았다. 진심 어린 그 한마디는 그녀의 얼굴에 미소를 피어나게 하기에 충분했다.

"우리 선이가 도와줘서 음식이 더 맛있어졌나 봐."

민정이 누나는 흐뭇한 미소를 지으며 말했다. 그녀가 손으로 내 머리를 쓰다듬자, 기분이 한결 좋아졌다. 주인의 손길을 받아, 기분이 좋아지는 강아지의 마음이 조금은 이해가 되는 것 같았다. 그 말을 들은 금이 형이 대견하다는 듯한 목소리로 나에게 물을 건네며 말했다.

"오! 선이가 김밥 만드는 거 도와준 거야?"

"네! 제가 도와줬어요! 재료를 예쁘게 접시에 정리하고, 도시락통에 김밥도 제가 담았어요!"

칭찬을 받고 싶어, 내가 잘한 일을 강하게 이야기했다. 보육원에서는 칭찬받는 일이 드물었다. 칭찬 없이 지나가는 일조차 드물 만큼, 그곳에서는 허다하게 맞는 날이 많았다. 사랑을 받아야 할 나이에 안 아프게 맞는 방법을 배워야 할 정도였으니 말이다. 그런 환경에서 자라다 보니 칭찬에 목말랐고, 칭찬받을 상황이 오면 잘한 일을 강조하게 말하는 성격으로 자리 잡게 되었다. 엎드려 절받는 심정으로 받은 칭찬이라도 나에게는 충분한 행복이었기 때문이다.

"응~ 정말 대견하다니까? 엄청 힘든 일을 우리 선이가 나 대신 해줬어! 정말, 누굴 닮았는지 모를 정도로 착하고 멋지다니까?"

민정이 누나는 웃으며 내 입가에 붙은 밥알을 살짝 떼 주었다.

마음마저 배부른 점심 시간을 보내고 다들 잠시 쉬고 있을 무렵, 소민이의 발랄한 목소리가 들려왔다.

"아저씨, 아줌마! 저희 이제 가요!"

"그래. 그러자꾸나."

금이 형이 고개를 끄덕이며 자리에서 일어났고, 민정이 누나도 조용히 따라 일어섰다. 눈치껏 나도 덩달아 천천히 몸을 일으켜 세웠다.

"저희 어디 가요?"

평소 같았으면, 오전 일과가 끝나면 곧장 집으로 향했을 것이다. 하지만 오늘은 뭔가 달랐다. 말로 설명하기는 어려웠지만, 불안한 기운이 감돌아 금이 형에게 말을 걸었다.

"아, 오늘은 오후에도 바다를 나가는 날이야."

금이 형은 마치 무언가를 깜빡했다는 듯한 말투로 대답했다. 아마도 나에게 오후에도 바닷일을 하러 가야 한다는 사실을 전하는 것을 잊은 모양이었다.

"선이는 힘들면, 먼저 집에 가도 돼."

아마도 이전에 내가 바다에서 일을 마치고 해변에서 넘어졌던 모습을 보았던 탓인지, 금이 형이 나를 신경 써준다는 게 느껴졌다.

"아…. 아니에요. 저 또 갈 수 있어요!"

순간 멈칫했지만, 두 사람 곁에서 잠시라도 떨어지고 싶지 않았다. 혼자 남겨진다는 것이 얼마나 쓸쓸하고 외로운지를 이미 잘 알고 있었기에, 아무리 힘들고 지치더라도 혼자 남겨지고 싶지 않았다. 잠시라도, 단 몇 시간이라도 말이다.

"그래. 그러자. 선이도 우리랑 같이 가자."

금이 형이 내게 손을 내밀며 말했다. 분명 말은 평온했지만, 눈빛은 그렇지 않았다. 마치 나의 상처를 알고 있다는 듯한 그런 눈빛이었다. 어째서 형이 그런 눈빛을 하는지 이해할 수 없었지만, 물어보기도 애매해서 그저 나의 착각이라 생각하며 넘겼다.

우리는 서둘러 자리를 정리하고 다시 바닷속으로 들어

갔다. 물 아래에서 한참을 내려가던 그때, 물결 너머로 초록빛의 바다 거북이가 보였다. 천천히 헤엄치는 거북이의 코에는, 하얀 플라스틱 포크 하나가 박혀 있었다.

"엇, 저기…!"

내 말이 끝나기도 전에, 아티카인들은 망설임 없이 거북이를 향해 헤엄쳐 갔다. 이들은 모두 힘을 모아, 박혀 있는 포크를 힘겹게 빼내었다.

'…'

거북이 코에서 고여 있던 피가 흘러나왔다. 포크는 찌그러진 채로 거북이 코에 있었다. 얼마나 아팠을까. 얼마나 힘들었을까. 거북이에 대한 미안함에 가슴이 아려왔다.

그것도 잠시, 바다 저편에서 낮게 깔린 울음소리가 들려왔다. '구슬프다.'라는 말은 아마, 이 소리에서 영감받아 만들어진 것이라는 생각이 들었다.

'이 소리는 누가 내는 거지?'

주변을 둘러보니, 거대한 귀신고래가 빠르게 우리에게 다가왔다. 그 거대한 크기에 순간적으로 공포를 느꼈지만, 귀신고래는 위협적인 행동을 하지 않고 슬픈 눈으로 우리 주위를 맴돌 뿐이었다.

"무슨 일이지?"

야생동물은 아무 이유 없이 이상 행동을 하지 않는다. 분명, 어떠한 이유가 있을 것이다. 한동안 귀신고래를 세밀하게 관찰하였다.

"찾았다! 꼬리야!"

어느 아티카인이 우리를 보며 소리쳤다.

'꼬리에 뭐가 있다는 거지?'

자세히 보니 귀신고래의 꼬리에 낚싯바늘이 박혀 있는 것을 확인할 수 있었다. 우리는 상황의 심각성을 깨닫고 곧바로 귀신고래의 꼬리 근처로 다가가, 천천히 바늘을 조심스럽게 빼내었다.

'아프겠다. 인간이 미안해. 정말…. 미안해.'

바늘을 뽑는 순간, 상처가 벌어지며 붉은 피가 스며 나왔다. 눈앞의 상처가 나에게도 생기는 것만 같았다. 내가 그런 건 아니지만, 같은 인간이 한 일이었다. 그 순간, 나는 인간이라는 이유만으로 그 생명에게 미안했다.

오랫동안 자신을 아프게 했던 낚싯바늘이 빠지자, 귀신고래는 감사의 표시로 한참 동안 우리 주변을 맴돌다가 자신의 길을 찾아 떠나갔다.

희미하게 햇빛이 비치는 깊은 바닷속에서도 인간이 버린 쓰레기로 고통받는 해양 생물이 많다는 사실을 다시

한번 깨달으며, 굳은 결심을 하게 되었다.

'어른이 되면, 내가 꼭 바다에 쓰레기를 버리지 못하게 막을 거야. 꼭.'

굳은 다짐을 하던 중, 익숙한 무엇인가를 매달고 헤엄치는 해양 생물을 발견했다.

"엄청, 크다…!"

지금까지 본 동물들은 그저 무섭지 않을 정도로 큰 크기라고 생각이 되었지만, 대왕오징어는 전혀 달랐다. '웅장하다.'라는 말이 대왕오징어를 보니 저절로 떠올랐다. 대왕오징어의 머리에는 캐릭터가 그려진 풍선이 걸려 있었다. 반짝이는 은박지 같은 재질이라서 어둠 속에서도 쉽게 찾을 수 있었다. 우리는 서둘러 대왕오징어의 머리로 가서 풍선을 떼어냈다. 대왕오징어는 불편하게 했던 풍선을 떼어준 우리에게 촉수 하나를 내밀었다.

"주먹 인사야."

민정이 누나가 나에게 말했다. 주변을 둘러보니, 나를 빼고 모두가 대왕오징어와 주먹 인사를 하고 있었다. 황급히 나도 주먹을 쥐고 촉수에 가져다 대었다.

수심이 깊어지자, 바다의 공포를 상징하는 해양 생명체, 백상아리가 보이기 시작했다. 순간적으로 영화의 한 장면이 떠올라 공포를 느꼈지만, 백상아리는 우리를 무시하고 지나갔다. 조금 더 들어가니 빛조차 삼키는 완전한 어둠이 나를 먹었다. 이전에 경험한 탓인지, 전보다는 무섭다는 느낌이 덜했다. 그럼에도 안전상, 민정이 누나의 손을 잡고 앞으로 나아갔다. 결코 무서워서는 아니다.

그러던 순간, 저 멀리서 반짝이는 빛 한 줄기가 심해의 어둠을 가르며 다가왔다. 처음엔 그저 아티카인의 손전등이라고 생각하며, 크게 신경 쓰지 않았다. 그러나 점차 하얀 불빛이 가까워지니, 숨이 턱 하고 막혔다. 흉측하게 갈라진 턱, 뾰족한 이빨, 붉은 눈동자 그것은 아주 못생기고 흉측한 블랙드래곤 피시였다. 심해의 공포에 본능적으로 민정이 누나의 손을 더 세게 움켜쥐었다. 식은땀이 등줄기를 타고 흘렀고, 심장은 귀 옆에서 북을 치듯 뛰었다.

그때, 바다를 가르듯 울리는 거대한 고래의 외침이 바다 전체를 흔들자, 공포에 질려 무심코 외쳤다.

"으악!"

나의 이 비명은 단순한 놀람이 아니다. 두 번 다시 이곳에 내려오지 않겠다는 맹세, 햇살 아래로 다시 돌아가겠다는 간절한 소망, 살아남고 싶다는 인간적인 절규가 담겨 있는 비명이었다.

어느 정도 수색을 마친 우리는 어둠 속을 빠져나오기 위해 머리 위로 헤엄쳤다. 위에서 쏟아지는 햇빛이 보이기 시작하자, 아래를 내려다보았다. 새까만 어둠 속 무언가 그 안에서 또 나를 부르고 있는 듯한 착각이 들었다.

'다시는 가고 싶지 않은 곳이었어.'

나는 떨리는 숨을 고르며, 마음의 평화가 찾아올 때까지 시선을 단단히 위로 고정했다.

"여기를 좀만 더 보자."

금이 형의 말에 우리는 일제히 고개를 끄덕였다. 앞으로 나아가던 중, 저 멀리서 순백의 하얀 모랫바닥이 보였다.

"뭐야? 모랫바닥이 아니었어?!"

가까이 다가가 보니, 모랫바닥이라 생각했던 것은 하얀 산호들이었다. 넓은 바닷속이 온통 하얀 산호로 가득 차 있었다.

"온통 하얗다. 이게 뭐지? 어떻게 한 종류의 산호들이 모여 있을 수가 있지? 산호는 원래 알록달록해야 하는 거 아닌가? 게다가 움직임이 없어. 뭐지."

처음 보는 광경에 감탄하며 혼잣말했다. 그런 나를 본 금이 형이 사뭇 진지한 목소리로 말을 걸었다.

"전부 죽은 산호란다. 산호는 죽으면 색을 잃고 하얀색이 된단다."

금이 형의 말에서 쓸쓸한 슬픔이 느껴졌다.

"예?! 아니, 이 많은 산호가 어떻게 다 죽은 거예요?"

산호에 대해 잘 알지 못해, 나올 수 있었던 질문이었다.

"산호가 죽은 원인은 여러 가지란다. 그중에 지구온난화도 한몫하지. 그런데, 산호의 죽음을 앞당긴 가장 큰 원인은 인간들의 어업이란다. 산호의 주 먹이는 물고기의 배설물인데, 인간들의 무분별한 어업으로 물고기가 이 구역에서 점점 사라져 갔단다. 그 결과 물고기의 배설물을 먹지 못한 산호들이 점점 죽어갔고, 산호가 죽어가자, 물고기들도 이곳을 떠나는 악순환의 고리가 생겼단다. 결국 이곳엔 움직이지 못하는 산호들만 남게 되어, 지금의 모습이 된 거란다."

금이 형의 말을 들은 나는 한없이 자연에게 미안한 마음이 들었다.

"아…. 결국 문제는 우리 인간이네요. 정말, 인간이 문제네요."

우울해진 내 모습을 본 금이 형이 말했다.

"자, 이제 돌아갈까?"

"네…."

지금 이 기분으로는 바다에 있고 싶지 않았다. 아티카를 향해 헤엄쳐 돌아가는 동안에도, 해양 생물에 대한 미안한 마음에 죽은 산호 군락에서 눈을 쉬이 뗄 수가 없었다.

오늘 많은 것을 보고 느끼고 나니, 입을 열 수가 없었다. 집에 도착하자마자 씻고 방으로 들어가 구석에 놓인 책상에 앉았다. 예전부터 생각이 많을 때마다 책상에 앉아, 생각을 정리하거나 종이에 무언가를 적는 것이 나의 습관이다. 무작정 책상에서 곰곰이 생각하던 중, 민정이 누나가 방문을 두드리며 말을 걸어왔다.

"선아, 저녁 먹자."

나는 말없이 의자에 조용히 앉았다. 풀이 죽은 나를 보고는 민정이 누나가 말했다.

"선아, 무슨 일 있니?"

"아뇨. 아무 일도 없어요."

나를 진심으로 걱정하는 그녀의 말에 생기 없는 목소리로 대답했다. 두 사람은 나의 모습에 눈치를 보았다.

"잘 먹었습니다…."

식욕이 없어 밥을 남긴 채 방으로 들어가 눈을 감고 가만히 누워 있었다. 아무것도 하지 않고, 이불을 펴고 누웠다. 사실 책상에 앉아야 했지만, 식곤증 때문인지 낮에 너무 돌아다녔던 탓인지 피로가 몰려와 결국 눕고 말았다. 설명하기 힘든 감정과 생각들이 마음속에서 소용돌이치더니, 결국 정리되지 않은 채로 잠에 빠져들고야 말았다.

3부

7장

"선아, 선아. 일어나렴."

오후 두 시, 금이 형이 잠들어 있던 나를 흔들어 깨운 덕분에 간신히 눈을 뜰 수 있었다. 어제 무리를 했는지, 너무나 피곤했다. 졸린 눈을 비비며 눈을 떠 보니, 금이 형이 평소와는 다르게 멋진 옷을 입고 있었다.

"선아, 얼른 씻어야지. 오늘 축제에 가기로 했잖아."

시간을 조금 거슬러, 이틀 전이었다. 대문에 붙어 있는 홍보지가 눈에 들어왔다.

"아티카 유등 축제, 이틀 후 시작!"

각종 유등의 그림과 먹거리 그림이 잔뜩 그려져 있는 홍보지였다.

"저 여기 가고 싶어요!"

홍보지를 가리키며, 두 사람에게 말했다.

"그래. 가자."

금이 형이 미소를 띠며 말했다.

잠에서 막 깨어난 순간, 금이 형의 입에서 "축제"라는 단어가 들려오자 몽롱하던 정신이 한순간에 맑아져야 했다. 나에게 축제란 매일 맛없는 급식을 먹다가 맛있는 반찬이 나오는 수요일처럼 아주 특별한 것이었다. 그러나 어제부터 기분이 좋지 않았던 탓에, 축제라는 말을 들어도 설레지 않았다.

"아, 네."

이불을 개고 머리를 감았다. 화장실 문 앞에 민정이 누나가 입으라고 놓은 옷을 입고 축제 장소로 향했다.

축제 장소로 가는 길에서도 우리는 특별한 대화를 나누지 않았다. 두 사람은 아침부터 기분이 좋지 않은 나를 위해 이런저런 말을 건넸지만, 나는 그저 간결하게 대답만 하는 게 전부였다.

노면전차에서 내리니 평소 허전했던 거리는 많은 포장마차의 간이음식점과 아티카인들로 가득했다. 건물과 건물 사이에는 세계 각국의 국기들이 걸려 있었다. 축제의 뜨거운 열기에 땀이 날 정도로 현장은 활기찼다.

"선이 뭐 먹고 싶어?"

어묵꼬치, 떡볶이, 야키소바, 닭꼬치, 떡꼬치, 닭강정 등 다양한 음식들 앞에서 민정이 누나가 나에게 말을 걸었다.

"뭐…. 다 좋아요."

시큰둥하게 대답했다. 기분이 그리 좋지 않아 배가 고파도 아무것도 먹고 싶지 않았다. 어쩔 수 없이 두 사람은 먹거리가 있는 곳을 피해 다른 곳으로 발걸음을 옮겼다. 길을 걸으면서도 나는 땅바닥만을 바라보고 있었지만, 호기심을 이기지 못해 중간중간 축제 장소를 힐끔힐끔 살폈다.

아티카 행사 상품들과 전통 의상도 판매하고 있는 곳으로 가니, 금이 형이 나에게 말했다. 이곳은 다른 장소에 비해 한적했다.

"선아, 뭐부터 하고 싶어?"

"모르겠어요."

세계 각지의 전통 의상을 판매 및 대여하는 가게들이 많았다. 힐끔힐끔 본 의상 중에는 관심이 가는 옷도 분명히 있었다. 나는 축제를 즐기고 싶었다. 하지만 아티카인들의 환한 미소를 보니, 나만큼은 웃으면 안 된다고는 생각이 자꾸만 들었다. 빛 속에서 홀로 심해로 가라앉는 기분이었다.

"선아, 무슨 일 있어? 기분 안 좋은 일 있어?"

금이 형이 나의 어깨를 감싸듯 잡으며 말했다.

"…."

아무 말을 하지 않은 채로 연신 고개를 저었다. 아무 말도 하지 않고 기분 안 좋은 티를 내는 나에게 답답함을 느껴 짜증을 낼 법도 했지만, 금이 형은 최대한 평정심을 유지하며 나긋나긋한 목소리로 말했다.

"선아, 형한테 말해줄 수 있어? 응?"

나는 한동안 땅만 보며 생각했다. 잠깐 고민 끝에 고개를 끄덕이고 어렵게 입을 열었다.

"미안해서요."

분명, 어린 소년에게서 나올 대답은 아니었다. 내 뜻밖의 대답에 금이 형이 당황하며 말했다.

"아니, 선이가 뭐가 미안해?"

금이 형의 말에 나는 고개를 저으며 말했다.

"저는 인간이잖아요. 인간의 이기심 때문에 피해 보는 동물들에게 너무 미안해서요. 솔직히 말하면 저도 바다에 쓰레기를 버린 적 많거든요. 치우기에는 너무 귀찮아서 그냥 버렸어요. 그런 행동이 동물들을 죽일 수 있다는 걸 알게 되니까, 제가 많은 동물을 죽였을 수도 있겠다는 생각에 죄책감이 들어서…. 그리고 내가 물고기를 먹으니까, 그물이 펼쳐지는 것 같고. 나 때문에….”

나의 떨리는 손을 두 사람이 잡아주었다.

"게다가 인간 때문에 억울하게 죽은 아티카 사람들이 저렇게 해맑게 웃는 모습 보니까, 죄책감이 들어서…. 미안하다고 말해주고 싶어요. 인간이 미안하다고…. 쓰레기 함부로 버려서 미안하다고.”

내가 눈물을 흘리며 말하니, 금이 형이 나와 눈높이를 맞추고는 따스한 목소리로 말했다.

"선아. 형은 선이한테 잘못이 없다고 생각해…. 왜 그렇게 생각해? 선이는 아무 잘못이 없어. 만약, 선이에게 잘못이 있더라도 이제부터 속죄하고 만회하면 돼. 아직 선이에게는 그럴 기회가 많잖아!”

"제가…!”

나는 금이 형에게 축제의 웃음이 끊길 정도로 큰 목소리로 소리쳤다.

어쩌면 내가 내지르고 싶었던 대상은 금이 형이 아니라 나 자신이었을 수도 있고, 신이었을 수도 있다고 생각한다.

"제가 정말로 잘못이 없다면, 왜 여기 있어야 해요?! 잘

못하지도 않은 제가 여기에 있는 것부터 말이 안 되잖아요! 안 그래요?! 근데, 그게 아니니까! 제가 잘못을 한 게 있으니까! 그러니까, 신이 여기로 절 데려온 거잖아요…. 아니에요?! 맞잖아요! 잘못했으니까, 제 행동에 대한 책임을 지게 하려고….”

금이 형은 나의 말을 듣고 가만히 하늘을 바라봤다. 그는 깊은숨을 내쉬며, 차분한 목소리로 말했다.

"선아, 왜 그렇게 생각해? 아냐~ 신은 결코, 착한 선이한테 그런 의도로 한 것은 아닐 거야."

그는 따스한 미소로 나를 진정시키려 했다.

"선아. 형은 신이 선이를 이곳으로 오게 만든 이유는, 결코 죄책감을 주기 위해서만은 아니라고 생각해. 다른 이유도 분명히 있겠지만, 이 세상에 생명의 희망을 불러일으키는 영웅으로 선이를 선택한 게 아닐까? 그래서 선이가 아티카에 온 게 아닐까?"

"네?"

금이 형의 말에 머릿속이 온통 물음표와 느낌표로 뒤섞였다. 전혀 다른 시각의 이야기였고, 그 한마디가 내 생각을 완전히 흔들어 놓았다.

"선아. 선이가 봤을 때, 형이랑 민정이 누나 그리고 소민이는 울고 있었어? 그리고 선이가 아티카에서 본 사람들의 모습은 어땠어? 슬퍼하고 있었어? 아니면 웃고 있었어?"

"웃고 있었어요…."

"맞지? 그러면 아티카 사람들이 선이한테 책임지라고 말했어?"

"아뇨…."

"맞지? 그러면 선이가 절대 미안해하지 않아도 되겠네? 안 그래? 선아. 그러니까, 괜히 미안한 마음 가지지 않았으면 좋겠어. 알겠지? 선이는 이번 경험을 통해, 환경을 생각하는 사람으로 성장하면 그걸로 된 거야. 알겠지?"

"…."

나는 아무 말도 하지 않고 가만히 고개만 끄덕였다. 여전히 내 기분은 찝찝해서 좋지는 않았지만, 그의 말에 부정적인 감정의 사이로 긍정적인 감정이 비집고 들어오는 것이 느껴졌다.

아직 내 기분이 나아지기에는 부족했던 것을 알았는지, 금이 형은 계속해서 말을 이어갔다.

"선아, 사람은 직접 겪지 않으면 공감도, 배려도 잘하지 못하는 생명체야. 그러나 선이는 이곳에서 살아 있는 인간이라면 결코 경험할 수 없는 일들을 겪었지. 덕분에 바다의 진짜 얼굴을 마주하기도 했고. 선아, 그거 아니? 공감은 영웅이 가져야 할 가장 기본적인 마음이라는 걸. 그래서 신이 선이를 아티카로 보낸 거야. 이곳에서 보고 듣고 느낀 걸 토대로 인간 세상에 가서 우리를 지켜달라는 의미로 말이야. 그러니까, 너무 선이가 자기 자신을 탓하지 않았으면 좋겠어. 신은 선이를 죄책감을 주기 위해 아티카에 보낸 것이 아닐 거야. 결코. 형이 장담해!"

나는 그의 말에 고개를 끄덕였다. 금이 형의 말이 앞뒤가 안 맞고 억지스러운 면도 있을지 모르지만, 열세 살 어린아이의 기분을 풀어주기에는 충분하고도 남았다. 내가 단순해서 쉽게 풀린 것일지도 있지만 말이다.

"저기, 저기로 가세요! 옆으로 가주세요!"

훈훈한 분위기가 주변을 감돌던 순간, 갑작스러운 소란이 우리를 방해했다.

소란스러운 곳으로 고개를 돌리니, 호루라기를 부는 경찰들이 소리를 지르고 있었다. 아티카인들은 경찰의 말에 홍해가 갈라지듯 양옆으로 갈라지기 시작했다. 음식을 주문하려던 이들까지도 하나둘씩 행동을 멈추고, 인도 가장자리에 황급히 붙었다. 그들은 마치 아주 특별한 무언가가 곧 나타나기를 기다리는 것처럼, 숨소리마저 죽인 채로 한 방향을 응시했다. 그들의 얼굴에는 하나같이 설렘이 가득 담겨 있었다.

이들의 설렘에 보답하듯, 땅이 조금씩 흔들리기 시작했다. 이내 웅장하고 요란한 소리가 축제 현장에 다가오고 있음을 알렸다.

그때, 도로 끝에서 거대한 연등과 그보다 더 큰 장식 수레를 들고 달려오는 수십 명의 아티카인들이 보이기 시작했다. 거대한 장식 수레의 바닥에는 파도가 정교하게 조각되어 있었고, 그 위로는 어부와 낚시하는 사람, 바다에 쓰레기를 버리는 사람의 모형들이 자리 잡고 있었다. 마차의 맨 위에는 사람이 서 있을 수 있는 공간이 있었고, 그곳에서 야광봉을 들고 마차와 연등을 들고 있는 아티카인들의 호흡을 맞춰주는 이가 큰 목소리로 지시하고 있었다.

"하나, 둘! 하나, 둘!"

"우와…. 대박."

마차 뒤로는 수많은 아티카인이 뒤따르는 행렬이 이어졌다. 그 순간, 본격적인 축제의 시작을 알리기 위해 건물 옥상에 있던 아티카인들이 하늘에서 무언가를 뿌리기 시작했다. 노란색, 초록색, 빨간색, 파란색 등의 종이들이 아름답게 축제의 현장에 흩날리며, 그 사이로 마차와 연등이 지나갔다. 연등과 마차, 그리고 아름답게 휘날리는 종이들을 보니 좋지 않았던 감정이 흩날리기 시작했다. 연등과 마차가 길 너머로 사라지자, 민정이 누나와 금이 형이 내 손을 잡고 나를 축제 속으로 끌어당겼다.

정신을 차리고 보니, 나의 두 손에는 닭꼬치와 떡꼬치, 회오리 감자가 들려 있었다. 내 몸에는 축제의 향기가 나고 있었다.

"선아, 또 뭐 먹고 싶어?"

민정이 누나는 아까부터 나에게 뭐를 먹고 싶은지 계속해서 물어보았다. 이 기세로 보아서는, 축제장에 있는 모든 음식을 다 사 줄 것 같았다. 민정이 누나는 나만으론 부족했는지, 금이 형 손에도 떡볶이와 야키소바를 잔뜩 쥐여 주었다.

"여보…. 일단 산 것부터 먹고. 응? 그러고 나서 사자. 일단, 어디 앉아서 먹자."

이미 음식은 손에 들려 있는 것만으로도 충분했기에 금이 형이 다급하게 민정이 누나를 진정시켰다. 나는 음식을 사 주려는 민정이 누나의 모습에서 이질감이 들었다. 마치, 지금까지 못 사 준 것들을 한꺼번에 사 주려는 사람처럼 느껴졌기 때문이다. 뭐가 그녀를 그렇게 만들었는지, 당시에는 어린 소년으로서는 이해하지 못했다.

"그래. 그러자."

간신히 정신 차린 민정이 누나는 금이 형의 말에 고개를 끄덕이며 대답했다.

"어디, 앉아서 먹을 곳 좀 찾아볼까?"

앉을 곳을 찾으며 연등과 포장마차를 지나 걷다 보니, 어느새 해변에 다다랐다. 해변 중앙에는 아까 봤던 거대한 연등과 마차가 놓여 있었다. 우리는 해변에서 연등과 마차를 보며, 두 손 가득 들고 있는 음식을 먹기 시작했다.

'진짜 맛있다!'

오늘 먹는 음식은 전에 먹었던 음식과 특별한 차이는 없었지만, 지금 먹는 음식은 내 생애 최고의 맛이라고 장담할 수 있다.

'슬슬 배가 찬다.'

배가 불러오니 손과 입의 움직임이 현저히 느려졌다. 그럼에도 계속해서 음식에 손이 갔다. 그만 먹어야 한다는 걸 알면서도, 지금이 아니면 못 먹을지도 모른다는 아쉬움이 손을 계속 움직이게 했다. 보육원에서는 어디를 가도 음식을 사 주지 않았다. 그러다 보니, 맛있는 음식을 먹을 기회가 오면 배가 터질 때까지 먹었다. 하지만 그 뒤엔 어김없이 '아, 그때 더 먹을걸.' 하는 후회를 매번 하였다.

'그래. 이게 진정한 축제지. 내가 원했던 진정한 축제!'

음료수를 마시며 생각에 잠긴 순간, 해변에서 폭죽이 터졌다. 화려한 불꽃놀이에 모두의 시선이 빼앗긴 그때, 나는 모래알 같은 목소리로 혼잣말을 뱉었다.

"진짜, 꿈속에 있는 것만 같다."

내가 지금보다 더 어렸을 적, 보육원 사람들과 함께 축제를 보러 간 적이 있다. 그때마다 부모님과 함께 축제를 즐기는 사람들이 부러웠다. 내가 느끼지 못하는 행복을 누리는 그들이 부럽기도 했고, 그러지 못하는 내 현실을 보며 암울한 감정이 들었다. 그러나 오늘은 달랐다. 그때와 다른 점이 있다면, 바로 내 양옆에 두 사람이 함께 있다는 것이다.

'이게 꿈이라면 깨지 말았으면 좋겠다.'

폭죽에 작은 소망을 빌었다. 화려한 불꽃놀이가 막을 내리자, 금이 형과 민정이 누나가 손을 내밀며 말했다.

"선아, 가자!"

"네!"

 금이 형과 민정이 누나의 손을 잡고 다시 축제로 들어갔다. 두 사람은 내가 축제에서 하고 싶은 모든 것을 할 수 있게 도와주었다. 농구 게임과 축구 게임, 풍선 터뜨리기 외에도 평소에 돈이 없어서 하지 못했던 놀이를 마음껏 할 수 있었다. 비록 쓴 돈에 비해 결과는 하찮았지만, 두 사람은 크게 개의치 않아 하는 것 같았다.

 '두 사람에게 나는 뭘까?'

 두 사람과 축제 거리를 걷는 동안, 그들이 왜 나에게 이렇게 잘해주는지 궁금했다. 지금, 이 호기심을 꺼내면 주변에 핀 화려한 야경의 꽃들이 시들 것만 같았다.

"저희 저거 해요!"

 호기심이 목구멍까지 올라왔지만, 결국 입 밖으로 나온 말은 전혀 다른 것이었다.

 금이 형이 나의 말에 대답했다.

"저기를 말하는 거니?"

"네!"

 내가 가리킨 곳은 한복 대여점이었다.

"그래! 가자!"

 민정이 누나가 윙크하면서 금이 형에게 말했다.

"뭐, 이것도 좋잖아?"

"하하. 좋아. 가자."

금이 형은 민정이 누나를 당해내지 못하겠다는 듯한 표정을 지었고, 우리는 한복 대여점으로 발길을 옮겼다. 아마도 금이 형이 한복 대여점에 가는 것을 난감해한 이유는 축제가 곧 막바지에 이른다는 생각 때문이었을 것이다. 한복을 오래 입지 못함에도 금이 형은 우리를 위해서 같이 한복 대여점으로 향해주었다.

어느새 시계가 저녁 여덟 시를 가리키자, 아티카인들은 마차 주위로 일제히 모여들기 시작했다. 바다거북 모습을 한 할아버지가 등딱지의 무게를 힘겹게 이겨내며 사다리를 타고 마차 꼭대기를 향해 오르고 있었다. 할아버지는 마차 위로 올라가, 헐떡이는 숨을 고르고는 막대기로 허공에 그림을 그리기 시작했다. 그러자 각종 악기를 든 아티카인들이 마차 주변에 서서, 할아버지의 부드러운 붓질에 연주를 시작했다. 음악에 맞춰 아티카인들이 하나둘 모여 마차 주변을 크게 돌며 축제를 만끽하니, 아름다운 축제의 그림이 모래 위에 그려졌다.

"저도 저기 가서 춤추고 싶어요! 저희도 해요!"

이번에는 내가 두 사람의 손을 잡고 축제 현장 속을 향해 끌어당겼다.

"알았어. 알았어! 가자. 가!"

나의 강렬한 의지에 두 사람은 끌려가는 척 연기를 했다. 민정이 누나는 그저 웃을 뿐이었다.

음악의 마법에 사로잡힌 듯, 경쾌한 리듬에 몸을 맡겼다. 시간이 멈춘 듯한 축제의 한가운데에서, 우리는 하나가 되었다.

모두가 체력의 한계를 느낄 때, 어느새 음악 소리는 사라지고 마차 위에 거북이 할아버지도 보이지 않았다.

"어? 뭐지?"

악기를 연주했던 아티카인들이 마차에 무언가를 들이붓기 시작했다. 그 순간, 거북이 할아버지가 성냥을 번쩍 들어 올리며 말했다.

"한을 태웁시다!"

할아버지가 해변에 있는 우리에게 있는 힘껏 소리쳤다. 누가 들어도 할아버지의 외침은 수명을 갉아먹었다는 느낌이 들 정도로 간절하고 컸다.

"태웁시다!"

마차 주변에 앉아 있던 한 남성이 소리치자, 모두가 일제히 따라 외쳤다.

"태웁시다!"

뭣도 모르는 꼬마 소년인 나도 그들과 함께 소리쳤다.

모두의 외침이 멈추고 고요함이 해변에 찾아왔을 때, 할아버지가 성냥에 불을 붙이고는 마차에 던졌다.

"타닥. 타닥."

마차에 불이 붙는 소리가 나에게까지 닿았다. 그 작은 성냥 불씨의 소리가 해변을 순식간에 채우자, 금세 마차 전체에 불이 붙어 타오르기 시작했다.

"어?"

불기둥이 된 마차 주변에 다시 아티카인들이 하나둘 모이기 시작했다. 그러자 악기를 다뤘던 아티카인들도 이들을 따라 불기둥 근처에 앉아, 멈추었던 연주를 다시 시작했다. 그렇게 축제의 열기는 타오르는 불기둥처럼 한없이 뜨거워져만 갔다.

끝이 없을 것만 같았던 축제의 열기도 귀신같이 마차가 전부 까맣게 타들어 가자, 빠르게 식어갔다.

늦은 밤까지 축제의 열기에 휩싸였던 나는 결국 민정이 누나의 무릎을 베고 눈을 감고 말았다.

"곤히 잘 자네. 참, 이런 점은 누구를 닮은 건지…."

깊은 잠에 빠진 나를 보며 금이 형이 말했다. 금이 형은 민정이 누나에게 작은 목소리로 속삭였다.

"당신을 닮은 거 아닐까?"

두 사람이 서로를 마주 보며 부드럽게 웃었다. 곧 주변을 서둘러 정리하고, 금이 형이 나를 업었다. 말소리 하나 없는 길, 바람과 발걸음 소리만 들렸다. 두 사람의 발걸음이 유난히 조심스러운 이유는 내가 깰까 봐서였을 거다. 그러다 민정이 누나가 금이 형의 어깨 너머로 손을 뻗어, 내 볼을 살짝 쓰다듬었다.

"자는 모습도 천사 같아."

"맞아. 자는 모습이 꼭 당신을 보는 것처럼 예뻐."

금이 형은 어딘가 씁쓸한 미소를 지으며 대답했다. 민정이 누나는 꿀이 떨어질 듯한 눈빛으로 한동안 나에게서 시선을 떼지 못했다.

두 사람은 차분히 집의 문을 열었다. 두 사람은 삐걱거리는 나무 바닥 살금살금 걸어, 나를 조심스럽게 이불 위에 눕혔다.

"잘 자렴."

두 사람은 곤히 자는 나의 이마에 입을 맞추고는 조용히 방을 나섰다.

"선아, 일어나야지~ 점심 먹고 바다 가야지~"

귓가를 간질이는 민정이 누나의 목소리가 잠결에 들려왔다. 눈꺼풀이 천근만근 무거웠고, 몸도 이불에 눌려서 움직이지 않았다.

"안녕히 주무셨어요…?"

"응~ 잘 잤지. 선이는 잘 잤어?"

"네…."

하품을 길게 내뱉으며 누나의 말에 대답했다.

방문을 열고 거실로 나가니, 진한 커피 향기가 집 안을 가득 채웠다. 금이 형이 흔들의자에 앉아 신문을 넘기고 있었다. 아침부터 금이 형은 커피를 마시고 있었다.

"선아, 잠은 잘 잤어?"

"아, 네…."

오늘의 점심은 콩밥과 김치, 달걀부침, 녹두전, 감자채 볶음이었다. 식탁에는 나의 식기 도구만 있을 뿐, 두 사람의 식기는 없었다.

'먼저 밥을 드신 건가?'

두 사람이 먼저 밥을 먹었다는 생각에 잠시 서운함을 느꼈지만, 겉으로 티를 내지는 않았다. 의자에 앉아, 밥을 떠서 먹기 시작했다.

'음?'

밥을 먹던 중, 금이 형과 민정이 누나가 맞은편에 앉아서 내가 밥을 먹는 모습을 지켜보았다. 그들의 시선이 부담스러워 체할 것만 같았다.

너무나 부담스러워서 참지 못하고, 숟가락을 든 채 두 사람을 바라보았다.

"선아, 우리 눈치 보지 말고 천천히 먹어…!"

민정이 누나가 다급하게 손사래를 치며 말했다.

그녀의 말에 고개를 끄덕이며 다시 밥을 먹기 시작했지만, 여전히 눈치가 보였다. 저 둘이 갑자기 왜 그러는지 이해하지 못한 채로, 오 분 만에 그릇을 비웠다.

"잘 먹었습니다."

"선아, 벌써 다 먹었어? 더 먹어! 더 먹어도 돼!"

민정이 누나가 놀란 눈빛으로 깨끗하게 비워진 밥그릇을 바라보며 말했다. 두 사람의 눈빛에 체할 것 같았던 나는 서둘러 화장실로 향하며 말했다.

"아, 아니에요. 괜찮아요. 저 배불러서 더는 못 먹어요."

거울을 보며, 양치하면서도 두 사람의 갑작스러운 모습에 이상함을 느꼈다.

혼란스러운 아침을 맞이한 우리는 오후 두 시가 되어서야, 바다를 향해 갈 수 있었다.

물품 보관함에 여벌 옷을 두고 우리는 아티카인들이 모여 있는 장소로 향했다. 우리를 보자 수염이 덥수룩한 물개 아저씨가 한마디를 뱉었다.

"내일 바다에 많은 쓰레기가 모일 테니까, 오늘 부지런히 움직일 수 있도록 하자고!"

"네!"

모두가 일제히 대답했다. 그때부터였을까, 나는 그의 맑고 청량한 "퉁!" 소리를 기다리게 됐다. 마치 내 마음을 읽은 듯, 그가 배를 가볍게 툭 하고 쳤다. "퉁!" 정제된 그 울림이 나의 머릿속을 맑게 비워 주었다.

오늘따라 바다는 유난히 잠잠했다. 마치 폭풍이 몰아치기 전의 고요함처럼 말이다. 평소에 반겨주던 물고기들은 보이지 않고, 대신 바다의 공허함이 우리를 맞이했다. 나는 그 빈 바닷속을 바라보며 순간적인 공포를 느꼈다. 마치 우주에서 길을 잃은 사람의 기분이 이럴 것만 같았다.

"선아. 앞에."

금이 형이 나의 어깨를 톡톡 두드리며 말했다. 바다가 텅 비었다고 생각한 내 예상과 달리 거대한 산호초가 눈앞에 펼쳐졌다. 산호 군락에 다가가니, 갑자기 나의 주변이 그늘로 드리워졌다. 고개를 들어 올려보니, 수많은 물고기 떼가 구름처럼 바다를 뒤덮었다. 용의 몸통을 보는 듯한 광경에 숨이 막힐듯했다. 서둘러 다른 곳으로 헤엄쳐 빠져나가려 했지만, 물고기 떼는 춤을 추듯 나를 따라다녔다. 어느새 물고기 떼가 나를 에워싸기 시작했고, 나는 그저 물고기들이 나와 놀고 싶은 마음이라는 생각에 그 속에서 헤엄치며 이 상황을 즐겼다.

"우와~!"

물고기 떼는 내 몸의 흐름에 따라 움직였다. 내가 제자리에서 빙글빙글 돌면, 물고기 떼도 같이 돌았다. 우리는 마치 한 몸이 된 것마냥 움직이며 호흡을 맞췄다.

충분히 즐긴 후, 나는 물고기 떼에서 빠져나오기 위해 두 손으로 물고기 떼를 가르며 헤엄쳤다. 처음엔 그저 장난을 치는 건 줄 알았다. 손을 뻗으면 살짝 비켜주던 물고기 떼가, 어느 순간부터는 길을 막았다. 숨이 차고, 팔에 힘이 빠질수록 속에서 짜증이 치밀어 올라왔다.

"야, 좀 나와 봐!"

답답하고 짜증 나는 마음을 담아 외쳤다. 그러던 중 장난기 가득한 어떤 물고기가 내 머리카락을 물고 당기더니, 유유히 무리 속으로 들어갔다. 끝없는 물고기 감옥에 갇힌 기분이 들어, 공포가 내 마음속에 드리우기 시작했다. 공포에 질린 채로 팔과 다리를 마구잡이로 물렸다. 그러던 중, 물고기 떼가 갑자기 방향을 틀더니 한 줄기 빛처럼 멀어져만 갔다. 나를 충분히 가지고 놀았다는 듯이 미련도 없이.

나는 겁먹었던 감정을 떨쳐내기 위해 떠나가는 물고기 떼에게 주먹질과 발길질을 하며 화풀이했다.

"아으…. 진짜! 한주먹 거리도 아닌 것들이 사람 힘들게 하고 있어!"

내심 나에게 큰 해코지를 하지 않았다는 사실에 안도감이 들었다. 물고기 떼가 다른 곳을 향해 유유히 헤엄쳐 사라지는 것을 보고는, 나는 서둘러 주변을 살펴보았다. 그러나 금이 형과 민정이 누나 그리고 소민이는 어디에도 보이지 않았다. 아마, 물고기 떼에게서 벗어나기 위해 발버둥 치다가 고립된 것 같았다. 갑작스러운 고립감에 막막함이 밀려오려던 그 순간, 뒤를 돌아보자 깜짝 놀랐다.

"배…?!"

영화, 드라마, 구전으로만 전해지던 바닷속에 잠든 고선박이 내 눈앞에 모습을 드러냈다. 비록 많은 부분이 사라졌지만, 배의 몸체를 통해 여전히 그 거대한 위용을 느낄 수 있었다.

해초와 조개가 배의 잔해를 감싸고 있고, 주변에는 수많은 도자기와 금, 은이 반짝였다.

보육원에서의 삶은 '가난'이라는 두 글자로 설명된다. 용돈은 한 달에 삼천 원이 전부였으니 말이다. 문방구에서 파는 유행하는 장난감도 족히 천 원부터 시작한다. 그런 생활을 지금까지 해오다 보니, 문방구에서는 항상 가격 대비 효율 높은 물건을 주로 샀다. 오랫동안 입안에 머무는 돌 사탕이나, 저렴한 카드 팩이 대표적이다. 솔직히 말하자면, 먹고 싶은 간식 하나 구매하지 못해서 바늘 도둑처럼 작은 군것질거리를 훔친 적도 있었다. 이러한 삶을 살다 보니, 텔레비전에서도 말하는 비싼 물건인 '금'과 '은'을 가지고 싶다는 생각을 항상 했었다. 일확천금의 꿈을 이룰 수 있다는 생각에 마른침을 삼켰다.

"이건 뭐지? 사자인가? 아닌데, 두꺼비 같은데. 뭐지?"

막상 고선박에 다가가니, 온갖 도기와 금은보화 틈에 놓인 향로가 유독 눈에 들어왔다. 향로는 역사책에서 본 것 같은 사자의 등줄기를 하고 있었지만, 그 꼬리는 수달의 꼬리처럼 매끄러웠다. 얼굴은 두꺼비를 닮았고, 날카로운 이빨이 강렬하게 묘사되어 있었다. 아래턱에는 메기처럼 긴 수염이 부드럽게 펼쳐져 있었고, 앉아 있는 모습이 독특한 이 향로는 우리가 모르는 과거의 이야기를 품고 있는 듯했다. 그 외에도 배 주변에는 두꺼비 모양의 벼루와 참외 모양의 주전자들이 드문드문 놓여 있었다.

"와…. 접시가 도대체 몇 개야?"

배 주변에는 수많은 접시가 층층이 포개져 있었다. 그 수는 족히 만 개가 넘는 것처럼 보였다. 내가 그 광경에 압도되어 감탄하고 있을 때, 배의 구멍에서 접시 하나를 움켜쥐고 있는 문어 한 마리가 모습을 드러냈다.

"잠깐만!"

나는 문어에게 다가가 접시 끝부분을 잡았다. 누가 보아도 고선박은 역사적 가치가 있는 물건이기에, 지켜야 한다는 생각이 들었다. 한때 내 안을 가득 채웠던 일확천금의 꿈은, 이미 묻힌 지 오래였다. 내가 접시의 끝을 잡아당기자, 문어 또한 있는 힘껏 저항하였다.

"좀 놔라…! 인마!"

빨판에 붙잡힌 접시를 힘껏 당기자, 문어가 황급히 놓아버리고 달아났다. 그 반동에 나는 물속에서 몇 바퀴를 돌며 저 멀리 휩쓸려 갔다.

"으아아아~"

정신이 아찔하게 흔들리는 와중에도 끝없이 밀려 나갔

다. 실제로 멀리 날아가진 않았지만, 작은 몸이라 그런지 공중에 떠 있는 시간은 꽤 길게 느껴졌다.

"드디어, 멈췄…. 어? 왜 세상이 거꾸로…."

흔들리는 정신을 차리고 앞을 보니, 해저가 위에 있고 바다가 발밑에 놓여 있었다. 내가 반대로 서 있다는 사실을 깨닫는 데는 그리 오랜 시간이 걸리지 않았다. 정신을 차린 나는 접시를 힘겹게 안아 고선박 쪽으로 가져가, 제자리에 돌려놓았다. 내 몸보다 커서 버겁게 느껴졌지만, 사실 그 접시는 인간에게는 간장 종지 정도 크기의 작은 물건이었다. 그 덕분에 물속에서라면, 어린아이인 내가 간신히 끌 정도는 되었다.

"여기 있어요! 여기!"

그때, 저 멀리서 소민이가 팔을 허공에 휘저으며 외쳤다. 그녀가 물살을 가르며 내 쪽으로 힘차게 헤엄쳐 왔다.

"야!"

소민이가 나에게 다가오자마자 오른손을 꽉 쥐고는 내 머리를 향해 내리쳤다. "빡!" 머리뼈가 쪼개지는 소리가 바다 전체에 울려 퍼졌다.

"으악! 왜 때려!"

"누가 멋대로 혼자 사라지래?! 우리가 얼마나 걱정했는지 알아?! 아오! 진짜. 확 때려버릴 수도 없고."

"이미 때렸…."

나는 소민이의 단호한 눈초리에 눌려 더 이상 아무 말도 할 수 없었다. 그녀의 뒤로 금이 형과 민정이 누나가 다가왔다.

"선아!"

민정이 누나가 숨을 몰아쉬며 달려와 나를 힘껏 끌어안았다. 그녀에게 안겨 있는 나의 어깨에 금이 형이 손을 얹으며 말을 걸었다.

"선아, 어쩌다가 여기까지 오게 된 거니?"

"아, 그게…. 물고기 떼한테 당해서 여기로 오게 되었어요."

금이 형은 조용히 고개를 끄덕이며 말했다. 금이 형의 말을 통해, 바다에서는 이런 일이 낯설지 않다는 걸 알 수 있었다.

"역시…. 이 바다는 너무 넓어서, 한번 길을 잃으면 찾기 힘들단다. 그러니까 또 그런 일이 생기면, 가만히 있어야 해. 누가 도우러 올 때까지. 알겠지?"

"아, 네."

사실 나는 별일 아니라 생각했지만, 두 사람이 너무 과장되는 반응을 보여 어색하게 느껴졌다. 그때의 나는 그저, 늘 듣던 어른들의 흔한 잔소리쯤으로 여기며 귀담아 듣지 않았다.

우리는 다시 원래 있던 구역으로 돌아가 해양 쓰레기를 수거했다. 아티카로 향하는 길, 해변에 도착하자 석양이 수평선 위를 붉게 물들이고 있었다.

집으로 가던 길목에서 민정이 누나의 시선을 편의점 간판이 멈추게 했다.

"우리, 오늘은 편의점에서 음식 사서 집에서 먹을까?"

민정이 누나의 말에 금이 형이 미소 지으며 고개를 끄덕였다.

"아…. 나는 뭐든 좋아. 선이는 괜찮아?"

"아, 저는 좋아요!"

내가 주저 없이 답하자, 우리는 자연스레 편의점 쪽으로 발걸음을 옮겼다.

"어서 오세요. 아티카25 들말대경입니다."

문이 열리자, 아르바이트생의 무미건조한 인사가 들려왔다. 그는 퇴근 시간을 기다리는 듯, 시계를 몇 번이고 계속해서 보고 있었다.

상품 진열대에 형형색색의 포장된 음식들이 눈길을 끌

었다.

"우와. 천국이다."

달걀샌드위치, 야키소바, 일본식 경단, 각종 푸딩, 거기에 한국식 김밥과 컵라면까지. 진열대에 줄지어 있는 음식들을 보는 순간, 침이 폭포수처럼 쏟아졌다. 대부도에서는 결코 볼 수 없었던 이국적인 풍경 앞에서, 나는 편의점에 반할 수밖에 없었다.

"우와! 야키소바랑 달걀샌드위치가 있네?!"

편의점의 모든 음식을 바구니에 담고 싶었지만, 마음대로 할 수 없는 현실 앞에서 깊은 고민에 잠길 수밖에 없었다. 망설이던 찰나, 금이 형이 나에게 말을 걸었다.

"선아. 먹고 싶은 거, 여기 바구니에 담으면 돼. 알았지?"

"아, 네. 근데, 얼마큼 담아야 해요? 몇 개요?"

묻는 입과 달리 두 손은 이미 진열된 샌드위치와 김밥에 올라가 있었다.

"하하. 선이가 먹고 싶은 만큼! 눈치 보지 말고, 다 담아도 돼."

"네!"

금이 형의 말은 선물처럼 들려왔다. 아무런 제한 없이

고를 수 있는 자유라니! 어쩌면 이제까지 겪은 일 중 가장 놀라운 일이라고 할 수 있을 정도였다.

금이 형의 말이 끝나기가 무섭게 달걀샌드위치와 참치마요 삼각김밥을 바구니에 담았다. 그러곤 금이 형을 향해 외쳤다.

"저 더 있어요!"

들어오면서 눈여겨보았던 야키소바 라면과 탄산음료를 집어 들었다. 먹고 싶은 음식들을 하나하나 집어넣는 순간, 작은 바구니가 금세 풍성해졌다.

"다 골랐니?"

금이 형이 바구니 안에 담긴 음식을 정리하는 나에게 말을 걸었다.

"아뇨! 아직 좀 남았어요!"

나는 진지한 표정으로 바구니 안을 정리했다. 음식이 서로 눌리지 않도록, 모서리까지 조심스럽게 맞추었다. 꼭 무언가 소중한 걸 담는 것처럼. 이런 내가 너무 과장한다고 보일 수도 있다. 하지만, 나에게 있어서 이건 그냥 편의점 식품이 아니었다. 평소엔 허락되지 않던 '제한 없는 자유'와 '마음껏 고르고 먹을 수 있는 자유'의 기회를 얻다 보니, 궁핍하고 가난한 나에게 있어서는 크리스마

스의 선물과도 같았다.

각자 원하는 음식을 결제하자, 영수증의 끝이 안 보일 정도로 한참 동안 나왔다.

집에 도착하자, 민정이 누나가 식탁에 편의점 음식을 두며 말했다.

"선이가 편의점에서 산 음식은 씻고 먹을까?"

"네!"

편의점에서 산 음식을 한시라도 빨리 먹기 위해, 상의를 벗으며 대답했다. 뜨거운 욕실의 열기를 내뿜으며 화장실을 나오니, 금이 형과 민정이 누나가 저녁 먹을 준비를 하고 있었다.

"선아, 얼른 머리 말리고 오렴! 저녁 먹자."

금이 형이 수건으로 머리카락을 말리는 나에게 말했다.

"네!"

머리를 말리고 식탁에 앉았다. 곧 맛있는 음식을 먹을 수 있을 것이라는 설렘이 나의 몸을 휘감았다. 때마침 배에서도 천둥번개 소리가 울려 퍼졌다.

"잘 먹겠습니다!"

합장을 너무 크게 한 탓일까, 손바닥이 얼얼했다.

"우왓!"

맛있는 음식 앞에서 손바닥이 얼얼한 정도는 나에게 큰 걸림돌이 되지 않았다. 순백의 접시 위로 놓인 달걀샌드위치를 한입 베어 물자, 구름처럼 부드러운 식빵 사이로 크림처럼 부드러운 달걀 샐러드가 입안 가득히 채워졌다. 달걀의 촉촉함과 은은한 단맛이 균형을 이루며, 마치 구름을 베어 문 듯한 착각을 일으켰다. 달걀샌드위치는 순식간에 입안에서 녹아 사라졌지만, 예상할 수 있는 단순함 속에서도 숨겨진 깊은 맛을 느끼게 해주어 너무 맛있었다.

"맛있다!"

달걀샌드위치가 예상했던 것보다 맛있자, 삼각김밥에 대한 기대감은 더욱 높아졌다. 참치마요 삼각김밥 역시 나의 기대를 충족했다. 김의 바삭함과 고소한 참치, 부드러운 마요네즈가 찰진 밥알들과 어우러져, 작은 삼각형보다 더 커다란 행복감을 느낄 수 있었다.

"선아, 맛있니?"

맛있게 편의점 식품을 먹는 나에게 금이 형이 흐뭇한 미소를 지으며 말을 걸었다.

"네!"

"얼마나 맛있니?"

"하늘만큼 땅만큼이요!"

입가에 달걀과 김 등을 묻힌 채 해맑게 웃으며 대답하는 내 모습을 보자, 두 사람은 옆구리 터진 김밥처럼 웃음을 터뜨렸다. 나는 두 사람이 왜 웃는지는 끝내 알 수 없었지만, 그 웃음 덕분에 오늘이 더욱 오래오래 기억될 것 같았다.

8장

 오전 열 시 삼십 분, 빗방울이 창문을 두드리는 소리에 눈이 떠졌다. 창밖을 바라보니, 아티카의 하늘은 잔잔한 수묵화처럼 펼쳐져 있었다. 그 속에서 알 수 없는 슬픔이 빗방울에 실려 떨어지고 있으니, 보는 내 기분마저 우울해지는 것만 같았다.

 "여기에도 비가 오네."

 비를 바라보며 혼잣말하고 있던 그 순간, 아티카가 갑자기 크게 흔들렸다.

 "으악!"

 강한 흔들림에 집 안의 물건들이 바닥에 나뒹굴었다. 끝없이 이어질 것만 같던 진동이 멎은 순간, 이번에는 장대비가 창문을 두드리기 시작했다. 강한 흔들림에 놀란 나의 외마디 비명에 금이 형이 문을 벌컥 열고 들어왔다.

"선아!"

흔들림에 어지럽혀진 방을 본 금이 형이 나에게 말했다.

"선아, 괜찮니? 다친 곳은?"

"아, 네. 없어요."

"아, 그렇구나. 다행이구나. 그래."

그는 안도의 한숨을 쉬며 어질러진 방의 물건을 정리하기 시작했다. 나도 금이 형을 따라, 바닥에 굴러다니는 물건들을 정리했다. 금이 형은 방의 커튼을 치고 밖을 보며 나지막하게 말했다.

"기어코…. 시작됐구나."

빗소리에 잘 들리진 않았지만, 오늘따라 귀가 예민한 건지 그의 혼잣말이 너무나 잘 들렸다. 나는 궁금증을 참지 못하고 목구멍에 있던 말을 뱉었다.

"뭐가요? 뭘 해요?"

"아, 아니야. 아무것도 아니야."

금이 형이 나의 말에 말끝을 흐리고는 서둘러 방문을 향해 발걸음을 옮겼다. 그가 방을 나서려던 순간, 문턱에 멈춰 서서 나를 향해 몸을 돌리며 말했다.

"선아, 오늘은 절대 혼자서 집 밖으로 나서면 안 돼! 알겠지?"

"아, 네."

문 닫히는 소리와 함께 방 안은 정적에 잠겼다.

"아휴. 모르겠다."

침대에 몸을 눕혔지만, 머릿속은 무언가 숨기고 있는 금이 형의 표정으로 가득했다. 낯선 긴장감으로 가득한 방 안에서, 이내 습관적인 낙관이 머릿속을 덮었다.

"뭐, 별일 아니겠지."

나는 다시 이불 속으로 들어가 눈을 감았다.

오전 열한 시, 거실에서 부스럭거리는 옷 소리가 들려왔다. 방문을 열자, 민정이 누나와 금이 형이 우비를 입고 집을 나설 준비를 하고 있었다.

"어디 가세요?"

"아…. 잠깐 장 좀 보러 가려고. 선이는 집에 있어. 금방 갔다 올게."

민정이 누나가 다급하게 얼버무리듯 말했다.

"선아, 오늘은 절대로 혼자 집 밖으로 나가면 안 돼! 알았지?!"

현관문을 나서기 전, 금이 형이 나를 단호한 눈빛으로 바라보며 말했다. 금이 형은 단순히 당부하는 게 아닌 것 같았다. 그의 눈빛과 말투에서, 알 수 없는 불안감이 묻어나왔다.

"아, 네. 잘 다녀오세요."

두 사람이 떠나자, 집 안은 빗소리로 가득 찼다. 그 사이로 시계의 초침 소리가 들려오니, 집에 홀로 남아 있음을 실감할 수 있었다. 텔레비전도 컴퓨터도 없는 이곳에서, 심심함을 달래기 위해 나는 자연스럽게 거실 책장에 다가갔다. 모든 책장에 꽉꽉 채워져 있는 책들의 제목을 천천히 살피며 마음에 드는 책을 고르기 시작했다. 놀기를 좋아하고 공부랑은 좀 거리가 있는 나이지만, 가끔 책을 읽는 문학 소년의 면모도 가지고 있다.

"바람의 계곡, 천공의 섬, 이웃집, 그대들은…."

수많은 제목이 눈앞을 스쳐 지나갔다. 그중 《세상은 나를 두 명으로 봅니다》라는 제목을 한 책이 눈에 들어왔다.

"이건 뭐지?"

나는 그 책을 꺼내어 거실 구석에 있는 흔들의자에 몸을 맡겼다. 책장을 펼치고 작가의 말을 보았다.

"나랑 똑같네…."

이 책은 나처럼 고아인 작가가 자신의 삶을 써 내려간 에세이라는 것을 알 수 있었다. 그의 이야기는 마치 나의 삶과 닮아 있었고, 내가 곧 맞이할 미래 같아서 공감되었다.

책 속에 빠져 중반부까지 읽고 있던 그 순간, 집 안이 미세하게 흔들리기 시작했다. 흔들의자에 앉아 있던 탓에, 그 미세한 흔들림을 느끼지 못했다. 진동의 소리마저 빗소리에 묻혀, 집중력을 잃지 않을 수 있었다.

그 시각, 인간 세상은 여유로운 나의 상황과는 다르게 흘러갔다.

태양 빛 한줄기마저 차단할 듯한 먹구름이 하늘을 뒤덮었고, 이내 빗방울이 떨어지기 시작했다. 빗방울이 땅에 부딪힐 때 들려오는 소리는 마치 거대한 북을 두드리는 소리와 흡사했다. 어떤 이들은 비가 땅을 뚫고 들어가는 줄로 착각할 정도로 비는 거세게 내렸다. 오랫동안 내리리라 생각했던 비는, 걱정이 무색할 정도로 금방 그쳤다. 몇몇 사람들은 이 진귀한 경험에 의아함과 두려움을 느꼈지만, 대부분의 사람은 대수롭지 않게 넘겼다.

"삐-! 삐-! 삐-!"

정오의 해변, 햇살을 받으며 웃고 떠들던 사람들의 핸드폰에서 동시다발적으로 경고음이 울렸다.

'지진 경보: 진도 8 규모의 강진이 예상됩니다. 해안가에 계신 분들은 즉시 안전한 곳으로 대피하십시오.'

핸드폰 문자를 의아한 눈빛으로 바라보던 사람들에게, 해변 확성기로 대피 방송이 반복해서 안내되자 웃음소리는 곧바로 사라졌다.

몇 초 뒤, 바닥이 흔들렸다. 처음에는 그저 가벼운 진동에 불과했지만, 이내 모든 걸 무너뜨리는 파괴의 진동으로 변모했다. 아이가 울고, 누군가는 주저앉고, 또 누군가는 맨발로 모래를 박차며 도망치기 시작했다.

흔들리는 땅과 무너지는 건물. 지진이라는 단어와 어색하던 대부도의 건물엔 당연하게도 내진설계 따위는 없었다. 오랫동안 자리를 지키던 펜션이 무너지고, 쓰러진 전신주가 도로 한가운데를 막았다.

오 분 남짓한 시간. 그러나 그 시간은 세상의 모든 것을 무너뜨리는 데엔 충분했다. 무너진 건물 잔해 아래 깔린 사람들의 신음과 그 위를 맴도는 울부짖음이 여름 피서지로 유명한 대부도를 뒤덮었다.

불과 십여 분이 지났을 뿐인데, 방송사의 헬리콥터가 상공에서 폭격을 맞은 듯한 대부도 풍경을 전 세계에 생중계하기 시작했다. 지상에서는 군인과 경찰, 자원봉사자들이 부서진 건물 잔해 사이를 이리저리 바쁘게 뛰어다녔다.

바닷바람을 가르는 경고음이 구조활동 현장에 울려 퍼졌다.

"삐-! 삐-! 삐-!"

이번엔 이전보다 더 심각했다.

'지진해일 경보. 60분 내 10미터 이상의 파도가 밀려올 것으로 예상됩니다. 고지대(아파트 4층 이상)로 즉시 대피하십시오.'

손에 든 핸드폰을 바라보는 주민들의 얼굴이 새하얘졌다. 어떤 이는 망설일 틈도 없이 뛰었고, 어떤 이는 아이를 끌어안고 멍하니 고개를 저으며 절규하듯 말했다.

"여긴…. 사 층 넘는 건물이 없어…!"

시골 마을 특성상 고층 건물이 거의 없는 탓에, 대피할 만한 곳이 보이지 않았다. 어디로 가야 살 수 있을까. 어디로 가야 이 참상을 겪지 않을 수 있을까. 모두가 생각에 잠긴 그때, 구조대원이 사람들을 향해 소리쳤다.

"여러분들, 산이에요! 산! 산으로 달리세요!"

그의 말에 사람들은 정신을 차리고, 서둘러 저 멀리 있는 산을 향해 달리기 시작했다. 구호 활동을 하던 이들은 부상자들을 싣고 구급차로 이동하기 시작했다.

누군가 그랬다. 인간의 욕심은 끝이 없다고. 불법주차

와 자동차로 대피하려는 사람들로 인해 도로는 정체되었고, 때문에 구급차는 한 발짝도 움직이지 못하는 상황이 되었다. 자기 목숨이 제일 중요한 이들로 인해, 도로는 자동차 경적과 차 안에서 소리치는 사람들의 언성으로 가득했다.

"어쩔 수 없다. 업고 가자."

구급대원들은 진척 없는 도로의 상황에 환자를 업고 가는 강행을 선택하게 되었다.

구급대원과 사람들이 대피하는 순간에도 자연은 인간에게 시간을 주지 않았다. 잔잔한 파도의 물결이 물러가기 시작하더니, 저 멀리서 10미터 높이가 되어 해변을 향해 달려오고 있었다. 안전 문자에서 안내한 육십 분보다 훨씬 이른 시간이었다.

"틀렸어…. 우린 다 죽을 거야…."

"신님…. 저희를 굽어살펴 주시옵소서."

처음 맞닥뜨린 지진과 해일에 사람들은 하나둘 정신을 놓기 시작했다. 대피 중인 일부는 살아남기를 포기하고 신에게 기도했으며, 다리에 힘이 풀린 채 눈물을 흘리는 사람들도 많았다.

10미터 높이의 지진해일은 대부도의 모든 것을 삼킬

듯이 맹렬히 돌진해 왔다. 항구와 해변을 순식간에 집어 삼키는 걸로 만족하지 못했는지, 이내 인가를 침범하기 시작했다. 지진으로 무너진 건물들 사이에 남아 있던 생명의 불씨까지 해일에 의해 휩쓸리며 꺼지고 말았다. 그러나 지진해일은 아직도 충분하지 않은지, 멈추지 않고 계속해서 밀고 들어왔다. 잠시 평화를 맞이했던 대부도는 다시 비명과 울음소리로 가득 찼다.

미처 대피하지 못한 어떤 사람들은 자동차로 도망치는 선택을 했지만, 누가 보아도 가망은 없어 보였다. 지진해일이 코앞에 다가오자, 도로 위에는 이미 모든 것을 포기한 이들, 아이를 감싸안은 아버지, 그리고 사랑하는 연인과 포옹하는 이들의 모습이 보였다.

"어?! 저기 도로 위에 꼬마가 있어!"

사 층 건물 옥상에서 한 성인 남성이 도로에 홀로 남은 아이를 발견했다. 모두가 아이를 안쓰럽게 바라보는 사이, 저 멀리서 누군가 아이를 향해 뛰어가고 있었다. 그의 차림새를 보니 소방관이었다. 소방관은 아이를 안고 무작정 달리기 시작했다. 어느새 해일은 그의 발뒤꿈치를 톡톡 치고 있었다. 그는 해일로부터 아이를 지키기 위해 온 힘을 다해 달렸다.

소방관은 발을 내디딜 때마다 겁이 났지만, 아이를 위해 미소를 지으며 말했다.

"아저씨가 꼭 구해줄게…. 엄마, 아빠 만나게 해줄게. 알겠지?"

아이는 소방관의 옷을 꽉 잡으며 그의 말에 고개를 끄덕였다. 하지만 해일은 소방관의 마음을 코웃음 치듯, 그의 발목까지 차오르기 시작했다. 점점 다리에 힘이 빠져 속도가 느려질 즈음, 아이가 어딘가를 가리켰다.

"저기! 저기요!"

아이의 손가락이 향한 곳엔, 자동차 위로 무너진 건물 잔해가 산처럼 높게 쌓여 있었다. 그 잔해는 바로 옆에 기울어진 오 층짜리 건물을 따라 이어져 있었고, 얼핏 보기에 삼 층 창틀까지 닿아 있는 듯 보였다.

소방관은 그 잔해를 바라보며 숨을 고르고는, 마음속으로 중얼거렸다.

'건물 잔해를 밟고 올라가면 삼 층 창문으로 갈 수 있지 않을까?'

더 이상 다른 방법을 강구할 시간도, 망설일 시간도 없었다. 아이를 안고 있는 채로는, 더 이상 평범한 방법으로는 구조가 어렵다는 현실을 소방관인 그가 누구보다 잘 알고 있었으니 말이다. 그는 하는 수 없이 목숨을 건 도박을 해야만 했다.

"꼬마야, 아저씨 믿지?"

그의 목소리는 담담했지만, 말끝은 떨리고 있었다. 소방관도 사람이었기에, 죽음 앞에서는 본인의 감정을 온전히 숨기지 못했다.

"응…!"

아이가 조용히 고개를 끄덕였다. 그는 굳은 결심과 함께 곧장 방향을 틀어, 건물 잔해를 향해 달려갔다. 흙먼지가 일고, 잔해가 뒤엉킨 더미를 조심스럽게 밟으며 올라갔다. 코앞에 있는 창문의 유리 조각이 삐죽이 솟아 있었지만, 그는 망설이지 않고 마지막 힘을 다해 안으로 뛰어들었다.

"젠장! 쉴 틈도…!"

지진해일은 빠르게 삼 층마저 삼키려 하고 있었다. 소방관은 무작정 아이를 안고 위만 보고 달렸고, 순식간에 옥상 문을 열었다. 옥상에 발을 들이자, 소방관의 다리에서는 일순간에 힘이 빠져나갔다. 이제 그는 달릴 힘이 없었다. 그저 해일이 이곳까지 먹어 치우지 않길 기도해야 하는 처지가 되었다. 소방관의 간절한 마음이 하늘에 닿앉는지, 해일은 옥상 입구 바로 앞까지만 차올랐다.

"살…. 살았다…!"

아이와 소방관은 한 차례 고비를 넘기고, 옥상에서 지상을 바라보았다. 지진해일은 도로를 강처럼 뒤덮었고, 차량과 건물 잔해가 마치 장난감처럼 보일 정도로 쉽사리 휩쓸었다. 거리의 소음이 물속에 잠겨 사라지고, 도심은 차가운 물 밑으로 가라앉았다. 지진해일의 잔혹한 흐름은 멈출 줄 모르고 골목과 건물 사이를 파고들며, 인류의 모든 것을 무력하게 만들었다.

시간이 얼마나 흘렀을까. 자동차와 가전제품, 나무 등 잔해들이 물에 휩쓸려 부딪히던 소리가 점차 잦아들고 있을 때였다.

"바…. 바닷물이 빠지기 시작한다!"

산기슭에 있던 남성의 외침에, 주변에 있던 사람들은 너나 할 것 없이 그가 가리키는 방향으로 고개를 돌렸다. 거짓말처럼 빠지는 물줄기에 해안선과 남겨진 물고기 떼들이 모습을 드러냈다.

"살…. 살았다!"

안도의 숨결이 산 이곳저곳에서 터져 나왔다. 누군가는 두 손을 맞잡고 신을 향한 감사의 기도를 하고, 또 누군가는 가까이에 있는 생판 모르는 타인을 끌어안았다. 그러나 그 기쁨은 그리 오래가지 않았다.

"향주야!" "종배야!" "여보!"

가족을 찾는 외침에 산은 다시금 조용해졌다. 살아남은 자들은, 아직 돌아오지 못한 이름들을 위해 기도하듯 숨을 죽였다. 고요한 산에 간절한 목소리가 애타게 울려 퍼졌으나, 애석하게도 돌아온 메아리는 침묵이었다.

"향주야! 종배야!"

그들의 눈물 어린 외침을 지켜보던 한 여인이, 굳게 다문 입술을 떼었다. 그녀의 용기 있는 외침은 생각보다 훨씬 더 큰 파장을 일으켰다. 이내 산기슭에는 많은 이들이 너도나도 아이들의 이름을 외치기 시작했다. 가족이 있는 사람들이든 아니든, 인간은 알고 있다. 가족을 잃을지도 모른다는 두려움과 슬픔이 얼마나 고통스러운지 말이다. 삽시간에 산은 가족들을 찾는 절박한 목소리로 가득 찼다.

대부도의 수많은 건물과 생명을 삼킨 비극은 마침내 서서히 막을 내리는 듯했다.

시간은 어느새 한 시 이십 분을 지나가고 있었다. 책에 몰두하니, 배에서 천둥소리가 났다.

"배고픈데…. 뭐 먹을 거 없나?"

나는 책을 덮고 식탁을 향해 걸어가며 혼잣말했다.

식탁 위에 놓여 있는 음식 덮개를 들어 올리니, 음식의 냄새가 일순간 허공에 흩어졌다.

"잘 먹겠습니다."

시간이 꽤 흘러서 그런지 음식은 차갑게 식어 있었지만, 한입 먹는 순간 그녀가 나를 위해 준비한 정성이 느껴졌다. 계란말이는 오랜 시간이 지나도 푸딩처럼 탱글탱글하고 감칠맛이 고스란히 느껴졌다.

점심을 먹고 난 후, 거실 테라스 문을 열었다. 밖에서는 여전히 비가 내리고 있었다. 테라스 앞에 서서 양치하며 멍하니 허공을 바라보았다. 떨어지는 빗방울이 나의 잡다한 생각마저 땅으로 떨어뜨렸기에 그저 멍하니 양치질을 이어갔다. 그때, 집 담벼락 너머에서 늙은 아티카인들의 말소리가 들려왔다.

"아니, 결국 했다니까?!"

"썩을 것들. 결국 돌아올 수 없는 강을 건너려고 하는구만."

"얼른 가서 말리러 가자고!"

담벼락 위로 그들의 머리가 살짝 보였는데, 한 명은 문어처럼 빨간 머리를 가지고 있고, 다른 한 명은 오징어의 삼각 머리를 하고 있었다. 나머지 한 명은 담벼락보다 작아서 보이지 않았다. 할아버지들의 목소리에 밖으로 나가서 무슨 일인지 묻고 싶었지만, 금이 형의 당부 때문에 그저 테라스에 가만히 서 있을 수밖에 없었다.

'감옥 같네.'

평소라면 호기심에 할아버지들께 질문했겠지만, 그러지 못하는 상황이 마치 감옥처럼 느껴졌다. 나는 모르는 사람에게 쉽게 말을 거는 편은 아니었지만, 호기심이 생기면 주저하지 않고 말을 건넸다. 무엇보다 하루 종일 외출도 못 하고 놀거리도 없는 이곳에서, 나는 감옥에 갇힌 듯 답답하고 무기력한 감정을 떨쳐낼 수 없었다.

답답함이 나를 충동적인 사람으로 만들었다. 금이 형이 그곳만은 가지 말라며 신신당부했던 층. 그 말에 지금까지는 엄두도 내지 못했지만, 일분일초가 흐를 때마다 호기심은 점차 거대해져만 갔다. 도대체 무엇이 있기에? 나는 그 궁금증을 풀기 위해, 몰래 2층으로 향했다.

나무로 된 계단을 밟을 때마다 삐걱삐걱 소리가 났다. 빗소리와 같이 들리는 삐걱 소리는 공포영화의 한 장면을 연상케 했다. 2층에 올라가 보니, 소파와 식탁이 놓인 넓은 공간이 나를 반겼다.

"오."

소파와 식탁은 재활용하거나 오래된 물건을 사서 수리한 것만 같은 느낌이 들 정도로 어딘가 이질감이 들었다.

"어? 이거!"

소파 맞은편에는 작은 책장이 있었는데, 책 대신 LP 레코드가 빽빽하게 가득 메워져 있었다. 책장 위에는 나팔 모양의 턴테이블이 놓여 있었다. 드라마나 영화에서 보았던 것처럼, 책장에 꽂힌 아무 LP 레코드를 꺼내어 턴테이블에 올려두었다.

"왜 소리가 안 나지?"

턴테이블 옆에 있는 톤암에 고정된 스타일러스가 뒤늦게 눈에 들어왔다.

"아, 맞다. 분명 영화에서 이렇게 했었지?"

옛날 영화에서 보았던 주인공처럼 스타일러스를 LP 레코드 위에 올려놓자, 몇 번의 잡음 끝에 클래식 선율이 흘러나왔다.

"오! 이제 소리 난다."

마치 영화 속 장면처럼, 클래식의 울림이 공간을 채워갔다. 어느새 나는 2층에 오르려던 본래의 목적조차 까맣게 잊고 있었다.

　나는 다시 일 층으로 내려가, 흔들의자에 앉아 책을 폈다. 클래식 선율이 흐르고, 종이를 넘기는 감촉과 책의 잔향이 어우러지자 이상하게도 글이 평소보다 또렷하게 읽혔다.

　"쿵!"

　잔잔한 호수에 거대한 돌을 던진 듯한 굉음, 현실을 쪼개버린 것만 같은 소리가 아티카 전역에 울려 퍼졌다.

　"으악!"

　굉음에 가슴이 철렁 내려앉고, 손에서 책이 스르륵 미끄러졌다. 책은 내 손을 떠나, 나의 발등으로 떨어졌다. 다행히 모서리에 맞지 않아서 심각할 정도는 아니었지만, 눈물이 나올 정도로는 아팠다. 눈물을 닦으며 책을 줍는 순간, 아티카 전체에 방송이 울려 퍼졌다.

　"아아, 안녕하십니까. 현재 저희 아티카 보복당은 긴 시간 동안 준비한 해일 공격을 오전에 실시하였습니다. 그렇게 저희가 일으킨 제1차 해일 공격이 성공적으로 완수가 되었음을 확인하였습니다. 이로써 아티카인들의 복수를 완수했습니다. 그러나, 저희는 이걸로 만족하지 않습니다. 따라서 지금 저희는 제2차 해일을 준비하고 있으니, 놀라지 마시길 바랍니다. 또한 저희는 계속해서 공격을 이어갈 것입니다. 저희를 끝까지 믿고 응원해 주시면 좋겠습니다. 지금까지 아티카 보복당 대표 고범래였습니다."

"뭐라는 거야? 무슨 공격을 말하는 거지? 그리고 어디를 공격하는 거야? 뭐지?"

방송에서 흘러나오는 알 수 없는 말들이 머릿속에서 맴돌았다. 그때, 근처 집에서 많은 아티카인들이 우비와 우산을 쓰고 하나같이 씩씩거리며 밖으로 나서는 모습이 담벼락 너머로 보였다. 아티카 어딘가에서 심상치 않은 일이 벌어지고 있음을 직감했다. 도대체 무슨 일인지 알고 싶어, 신발을 대충 걸치고 대문 틈새에 눈을 갖다 댔다.

화가 난 아티카인들이 대문을 지나쳐 갔고, 그들의 분노를 식히지 못한 차가운 비는 오히려 그들의 결의를 젖은 모래알처럼 단단히 결집하게 만드는 듯했다.

"스님. 진짜 보복당 놈들, 생각이 없는 거 아니에요? 이러다 살아 있는 바다 생물에게 피해가 가면 어쩌려고 그러는 건지…."

생선의 모습을 한 여성이 옆에 있던 거북이 얼굴을 한 노인에게 말했다. 노인은 긴 하얀 수염을 만지며 말했다. 그의 인상착의를 보았을 때, 마치 불교에서 가장 높은 주지 스님처럼 보였다.

"끌끌…. 인간들의 옛말에는 이런 말이 있습니다. 복수는 복수를 낳는다. 복수를 하면 복수의 굴레를 벗어날 수 없다는 말입니다. 복수의 굴레를 끊는 것 또한 불교의 도리겠지요. 우리의 존재는 증오와 복수 대신 용서와 자비를 실천함으로써 마음의 평화를 찾고, 윤회의 고리를 끊는 것이라고 그렇게 말했거늘…."

거북이 스님의 뒤에서 상어 얼굴을 한 남성이 두려움에 가득 찬 목소리로 덧붙였다.

"인…. 인간은 무자비합니다. 스님. 인간을 공격하면, 그 종족은 멸종 직전까지 갑니다. 그들은…. 인간은 이번 일로 해양 생태계를 없애려고 할 겁니다! 살아 있는 제 친구들은 이제 어떻게 될까요? 스님?!"

그들은 그렇게 각자의 생각을 안고 어디론가 향해 갔다. 알아들을 수 없는 말들에 혼란이 가득해진 나는 금이 형과의 약속이 떠올라, 차마 대문을 넘을 수는 없었다. 금이 형과 민정이 누나에게까지 미움을 받기 싫었기에, 다시 집으로 걸어 들어왔다. 그럼에도 수많은 생각이 머릿속에서 가시지 않고 있었.

'지금 뭐가 어떻게 돌아가고 있는 거지…? 인간이 왜

여기서 나오지? 복수는 또 뭐지? 인간이 멸종시킨다는 것은 또…. 무슨 소리야? 아, 너무 궁금해서 미치겠네! 아, 진짜 뭔지 알고 싶어!'

"으아악!"

이 모든 상황이 궁금하고 답답해 미칠 지경이었다. 이 생각 때문에 하염없이 거실을 빙빙 돌며 걸었다. 간혹 나는 고민거리나, 생각할 거리가 생기면 주변을 빙글빙글 돌았다. 몸이 돌면 머리가 더 빨리 회전할 거라는 생각으로 했던 단순한 행동이 습관으로 자리 잡은 것이었다.

"똑-똑-똑."

현관문을 두드리는 소리에 거실을 어슬렁거리던 내 발걸음이 멈추었다. 빗소리와 겹친 노크 소리에 나는 조심스레 문 쪽으로 다가가 작게 물었다.

"누…. 누구세요?"

어린아이 혼자 있는 집, 빗소리, 낯선 기척에 이어진 짧은 침묵이, 영화 속 한 장면을 연상케 해 더욱 불안감을 키웠다.

"이선! 나야. 소민이! 문 좀 열어봐!"

그때 문 너머에서 들려온 익숙한 외침에 살짝 놀랐지만, 가슴을 조이던 긴장이 순식간에 풀렸다. 현관 앞에서 숨을 고른 후, 문 너머의 소민이에게 말을 걸었다.

"야, 네가 무슨 일로 여기를 왔냐? 금이 형이랑 민정이 누나를 보러 온 거면, 포기해. 여기 없어."

아직도 심장은 쿵쾅거렸지만, 내 목소리는 퉁명스러웠다. 겁먹었던 걸 소민이에게 들키기 싫었다. 그게 다였다.

"아, 그런 거 아니거든? 이상한 소리 하지 말고 나갈 준비나 해."

문을 여니, 소민이가 팔짱을 낀 채 나를 바라보며 말했다.

"어? 갑자기? 왜? 굳이? 내가 너랑? 근데 어디 가는데?"

평소의 내가 여자아이들에게 하는 말투와 행동이 소민이에게 나왔다. 그만큼 짧은 시간에 우리는 많이 친해졌다는 증거이기도 했다.

소민이는 얄밉게 말하는 나를 향해 웃으며 주먹을 치켜들어 올렸다.

"야, 맞고 나올래? 아니면 그냥 나올래? 바다를 가야 하니까, 얼른 나와라?"

"아, 바다? 엥? 왜? 아니, 갑자기 왜 바다를 가?"

나는 궁금증이 생겨 되물었다. 소민이는 침착하게 설명하기 시작했다.

"몰라! 금이 아저씨가 너 심심할 거라고, 놀아주래! 됐냐?!"

"아, 알았어."

소민이와 단둘이 온 해변에는 적막감 사이로 고요한 파도 소리만 있었다. 이 순간, 우리는 세상과 단절된 채 오로지 서로의 존재만을 느낄 수 있었다.

소민이가 나를 보며 말했다.

"자, 들어가자."

"응."

뜨거운 모래알이 발가락 사이로 스며드니, 왠지 차갑게 느껴졌다.

"우리 어디가?"

바다에 들어서자, 평소와는 다른 방향으로 나를 이끄는 소민이에게 말을 걸었다.

소민이는 나의 말에도 그저 앞으로 나아갈 뿐이었다. 수심은 점차 얕아지고, 빛의 기둥이 일렁였다.

곧이어 눈앞에 펼쳐진 섬뜩한 풍경에 온몸에 소름이 돋았다. 나는 충격적인 모습에 당황하며 소민에게 말했다.

"이…. 이게 뭐야? 웬 바다에 집이랑 차가 있어?!"

나의 눈앞에 드러난 풍경은 마치 재앙이 휩쓴 듯, 바다에 있어서는 안 될 것들로 가득 차 있었다. 집과 자동차,

자전거, 삽, 기둥, 비닐하우스, 나무 등 육지의 마을에 있어야 하는 물건들이 여기저기 흩어져 있었다. 자연재해로 가라앉은 마을을 목격한 듯한 꺼림칙함과 공포가 엄습했다. 그녀는 결연한 목소리로 말했다.

"지금부터 정신 차리고 날 따라와. 나도 말로만 들었지, 자세한 거는 잘 몰라."

평소와는 다른 그녀의 단호한 모습에 나는 아무 말도 하지 못하고 그녀의 뒤를 따라갔다. 그러던 중, 수심 아래 가라앉은 집에서 부지런히 나무와 철을 자르는 아티카인들이 보였다. 소민이는 아랑곳하지 않고 계속 위로 향했다.

"소민아, 잠시만. 저 집들이랑 차는 언제부터 있던 거야?"

사뭇 진지한 소민이에게 용기를 내서 말을 걸었다.

"오늘…. 불과 2시간 전만 해도 저기에는 아무것도 없었어. 저렇게 만든 건 아티카 보복당 사람들이야."

소민이는 아랫입술을 꽉 물고는 대답했다.

"아? 누구?"

소민이의 입에서 아티카 보복당이라는 단어를 듣고, 처음에는 눈치채지 못했다. 그러다 아까 집에서 들었던 방송이 떠올랐다.

"아, 아까 그 방송?!"

내가 눈치를 채자, 소민이가 고개를 끄덕였다. 나는 아티카가 어떻게 돌아가는지 전혀 알지 못했다. 나보다 오래 이곳에 머문 그녀라면 분명 나보다 더 잘 알 거라 생각했다.

"근데, 소민아. 아티카 보복당이 뭐야? 아까 집 밖에서 거북이 스님이랑…."

"뭐…?"

소민이가 어이가 없다는 표정을 지으며 말하니, 하던 말이 다시 목구멍 아래로 들어갔다.

"하…. 역시는 역시네. 너답다."

그러더니 자기 이마를 감싸며 고개를 좌우로 저으며 말했다. 나는 순진한 얼굴로 소민이를 바라봤다. 찰나에 지나간 그 증오의 눈빛조차 내 착각이라 여기며.

"한 번만 설명할 거니까, 잘 들어."

"웅! 잘 들을게!"

한껏 들뜬 목소리로 대답했다. 내 표정을 본 소민이는 고개를 돌리며 웃음을 터뜨렸다. 이윽고 크게 숨을 들이마시고는 입을 열었다.

"후…. 아티카에는 두 개의 정치 정당이 있어. 인간을 용서하고 해양 동물을 구하는 아티카 평화당, 그리고 인간을 용서하지 못하고 복수를 목표로 하는 아티카 보복당. 이렇게 두 개의 정치 정당이 있어. 나는 인간을 미워하지만, 복수는 반대하는 입장이야. 누군가에게 슬픔을 주는 것만큼 나쁜 것도 없으니까."

다음 말을 꺼내려던 소민이의 표정이 단번에 어두워졌다. 눈빛은 깊고 무거워, 심해를 보는 듯한 느낌이 들었다.

"아티카 보복당은 자기들이 죽은 원인이 인간이라고 생각해. 그래서 자기들이 겪은 고통을 인간도 똑같이 겪어야 한다고 말하고 있어. 그들은 '100년 프로젝트'라는 이름으로 복수 계획을 세웠어. 오늘이 그 100년이 되는 날이야. 그들은 수많은 반대를 무릅쓰고, 계획을 실행한 거야."

"아, 아? 소민아, 잠깐만. 복수를 오늘 했다고? 나는 아무런 느낌도 못 느꼈는데?"

소민이는 나오려던 말을 멈추고, 나를 한심하게 바라보며 한숨을 내쉬었다.

"하…. 당연하지! 너는 쭉~ 아티카에 있었잖아. 보복당이 인간에게 복수를 하는데, 아티카에 피해를 주겠어? 어?!"

"아, 오! 이제 알겠다."

문득 깨달음이 스쳤다. 당연했다. 자기 자신에게 피해를 주는 복수를 할 리 없으니까.

소민이는 내 반응이 한심하다는 듯이 말없이 고개를 좌우로 저었다.

"에휴…. 아무튼, 그들은 지진해일이라는 방법으로 자기들의 복수를 하기 시작했어."

"지진해일…?"

"그래. 아티카 보복당은 100년 전부터 아티카 하늘에 인공 공간을 만들고 거기에 엄청 큰 '펌프'를 만들었대. 그 펌프가 바닷속 지각을 비틀어 인위적인 지진을 일으키는 구조야. 펌프가 한번 작동하면, 거대한 지진해일이 생긴다고 들었어. 그 위력은, 인간의 도시 하나쯤을 통째로 삼킬 정도로 강력한…!"

나는 갑작스레 등골이 서늘해지는 걸 느꼈다. 비록 바닷속이라 식은땀이 흐르는지도 느낄 수 없었지만, 분명 흐르고는 있었다.

"아…. 그…. 소민아, 설마 복수하는 지역이 대부도야…?"

"응…."

소민이는 짧게 고개를 끄덕였다. 그 표정에는 농담도, 희망도 없었다.

9장

"푸하!"

믿고 싶지 않은 마음에, 나는 수면 위로 몸을 띄웠다. 젖은 머리카락을 쓸어 넘기며, 하늘을 멍하니 바라보았다. 대부도의 하늘은 금방이라도 폭우가 쏟아질 것처럼, 구름이 무겁게 내려앉아 있었다.

"저…. 저게 대부도…?"

대부도가 콩알만 한 크기로 보였지만, 해변이 아수라장이 된 것쯤은 알 수 있었다. 지진해일이 휩쓸고 간 해변은 마치 전쟁터를 방불케 했다. 해변에는 형태를 알 수 없는 건물 잔해들과 뒤집힌 배가 그 위에 널브러져 있었다. 바람은 차가운 습기를 품고 진흙에 뒤덮인 잔해와 깨진 자동차 유리 사이를 스치며 지나갔다. 참혹한 현장 중간중간에는 작은 점처럼 보이는 사람들이 자연의 무자비한 힘 앞에 남겨진 침묵과 아픔에 주저앉아 서글프게 울고 있었다.

"당…. 당장 가야 해…."

섬의 참혹한 풍경을 보는 순간, 가장 먼저 떠오른 건 대부도에 있는 소중한 사람들이었다. 그들도 위험에 처했을지 모른다는 불안감에, 지금 당장 대부도로 가야 했다.

"야, 너 뭐 해! 멈춰! 뭐 하는 거야?!"

소민이가 다급하게 내 손목을 잡으며 말했다.

"가야 해…."

소민이는 내 손목을 더욱 꽉 잡고 온 힘을 다해 나를 막았다.

"저기에…. 사람들이 있어! 소중한 사람들이 있다고! 이것 좀 놔! 놓으라고!"

나는 그녀의 손을 뿌리치고 나아가려 했지만, 뜻대로 되지 않았다. 내가 힘이 약한 건지, 소민이의 손아귀가 강한 건지 알 수 없었다. 결국 나를 놓아주지 않는 그녀에게 소리쳤다. 솔직히 말하면, 가냘픈 그녀의 손을 뿌리치지 못하는 내 모습이 부끄러워, 괜히 과장되게 반응한 것도 있었다.

"이…. 야!"

소민이는 내 고집에 머리끝까지 화가 나더니, 참았던 주먹을 내질렀다. "빡!" 그녀의 온 힘과 분노가 담긴 주먹이 내 머리에 닿자, 머리뼈가 바스러질 듯한 고통이 몰려왔다.

"으악!"

머리가 부서질 듯한 아픔에 자연스레 비명이 터져 나왔고, 눈물이 맺혔다. 아니, 어쩌면 눈물을 흘렸을지도 모른다. 바닷물에 가려져 티는 나지 않았지만 말이다. 그때 소민이가 나에게 외쳤다.

"알아. 안다고! 근데, 지금 가면 위험해! 너까지 다친다고! 멍청아! 너 진짜 바보야?! 왜 말을 안 들어?! 인간은 원래 그래? 너 한 대 맞을래?!"

"아, 이미 때렸….."

"뭐?"

"아, 아냐. 아무것도…."

글썽이는 눈물을 닦고 소민에게 맞은 부위를 두 손으로 누르며, 그녀의 말을 곱씹었다. 그러다 궁금해져 물었다.

"아. 인간? 근데, 소민아. 내가 인간인 거 알고 있었어?"

나의 물음에 소민이는 두 눈을 동그랗게 떴다. 마치 내가 너무도 당연한 것을 묻고 있다는 느낌이 그녀의 표정을 통해 전해졌다.

"당연한 거 아냐? 널 본 아티카인들은 네가 살아 있는 인간이라는 거 다 알아."

"아…?"

내가 그녀의 말을 전혀 이해하지 못하는 반응을 보이자, 소민이는 깊은 한숨을 쉬며 차분하게 설명했다.

"그냥 느낌이야. 같은 동양인이어도 한국인과 일본인, 중국인을 구별할 수 있는 것처럼. 그냥 느낌? 아무튼! 그래."

"아…. 근데 왜 아티카 사람들은 나한테 뭐라고 안 해? 아티카 사람들은 인간한테 악감정 있는 거 아냐?"

"인간에게는 있지. 근데, 넌 어리잖아. 인간이 아무리 미워도 우리는 적어도 어린 애들한테는 악감정을 드러낼 만큼, 야만적이지 않아. 우리가 인간인 줄 알아? 다들 너에게 묻고 말하고 싶은 것도 많을걸? 그러지 않는 큰 이유는 아저씨랑 아주머니 덕분이야. 아저씨랑 아주머니가 덕망이 높아서 평화당 구역과 중립 지역에서는 네 존재를 그냥 묵인하는 거야. 감사한 줄 알아."

"아…."

내가 지금까지 아티카에서 안전하고 평화롭게 지낼 수 있었던 건 두 사람 덕분이라는 걸 새삼 깨닫게 되었다. 보이지 않는 곳에서도 그들의 보호를 받고 있다는 사실에 내심 감사함이 밀려왔다.

"이제 알겠지? 이제 가자. 금이 아저씨가 너 대부도 못 가게 막으라고 했단 말이야."

"아, 그래도 대부도에…. 가야…."

그럼에도 대부도에 있는 친구들의 안위가 걱정되어 끝까지 내 고집을 버리지 못했다. 그런 나를 보며 소민이는 다시 발끈하며 말했다.

"야! 아오! 지금 네가 대부도에 가서 뭐 할 수 있어?! 없잖아! 안 그래? 그냥 친구들이 살아 있을 거라고 믿어. 걱정하지 마! 알겠어? 어차피 쪼꼬매서 아무것도 못 하면서. 그냥 잔말 말고 따라와! 토 달면, 한 대 더 때린다?"

"아, 알겠어…."

나는 당장이라도 대부도로 가고 싶었지만, 소민이 말대로 아티카인처럼 작게 변한 내가 가서 할 수 있는 일은 없을 것 같았다. 그 사실에 분했지만, 결국 현실을 받아들이고 아티카로 향할 수밖에 없었다.

여러 생각을 가진 채로 아티카에 오니, 수묵화 속에 무지개가 펼쳐져 있었다.

"보복당 사람들이 만든 펌프는 어디에 있어…?"

사뭇 진지한 목소리와 결의에 찬 눈빛으로 소민이에게 물었다. 아티카 하늘에 있다는 사실은 소민이를 통해 알게 되었지만, 펌프가 있는 곳으로 가기 위한 정확한 위치를 알 필요가 있었다. 소민이의 젖은 머리카락에 송골송골 맺혀 있던 물방울이 바닷바람에 떨어져 나갔다.

"펌프가 어디에 있는지 왜 알려고 하는 거야?"

낮고 무거운 목소리로 소민이가 대답했다.

그녀의 말 앞에서, 결의에 찬 내 눈빛은 흔들리지 않았다. 동시에, 지금 내 생각을 그녀에게 전해서는 안 될 것 같았다.

"그냥…. 궁금해서."

막상, 거짓말을 하려니 양심에 찔려 목소리가 작아졌다.

"싫. 어."

나의 소심한 대답을 들은 소민이는 매몰차게 거절하고는 황급히 해변을 벗어나려 했다. 원하는 정보를 얻지 못한 사실에 좌절하려던 순간이었다.

"으아~ 피곤해! 안 피곤했으면, 당장이라도 당산나무 주변 벽을 볼 수 있을 텐데…. 지금쯤이면 보복당원들도 쉬지 않으려나~? 나도 집 가서 자야겠다~"

소민이는 몸을 쭉 늘이며 기지개를 켰지만, 한껏 어색한 혼잣말을 내뱉었다.

"뭐지? 왜 저래. 머리를 다쳤나?"

그녀의 혼잣말에, 한쪽 눈썹을 치켜올리며 반대쪽 눈썹을 내렸다. 황당함과 어이없음이 뒤섞인 표정이 얼굴에 자리 잡았다.

"으악!"

그때, 내 혼잣말을 들은 그녀가 뒤돌아 재빠르게 다가와서 내 머리를 강하게 때리고는 해변을 벗어났다. 강력한 소민이의 주먹을 맞으니, 해변에 머리가 박혔다.

정신을 차리고 모래 속에서 머리를 빼내어, 머리카락에 들어간 모래를 손으로 털어내며 말했다.

"아, 진짜 전소민…. 누가 조폭 마누라 아니랄까 봐. 아으. 모래 진짜."

어느 정도 모래를 털어내고는, 자리에서 일어나 깊은숨과 함께 혼잣말을 내뱉었다.

"후. 이제 가볼까?"

해변을 빠져나와, 인도 중앙에 덩그러니 놓인 노면전차 정류장에서 전차를 기다렸다. 당산나무가 있는 광장까지는 꽤 먼 거리라 전차를 타야만 했다.

"왜 안 오는 거야…!"

 평소 같으면 십 분이면 도착할 전차가 삼십 분이 지나도록 보일 기미가 없었다. 오지 않는 전차에 그저 제자리에서 발만 구를 뿐이었다.

"안 되겠다! 그냥 뛰어가야겠다!"

 무작정 당산나무가 있는 광장을 향해 달려가니, 평소 보이지 않았던 아티카의 모습이 눈에 들어왔다. 어떤 집의 담벼락은 차곡차곡 쌓인 음료수병으로 만들어져 있었으며, 병에 맺힌 물방울이 빛을 받아 알록달록하게 반짝였다. 길가에 삐죽 튀어나온 나뭇가지의 잎을 자세히 보니, 신문지를 오려 만든 나뭇잎들이 빗물에 젖어 간신히 걸려 있었다. 땅바닥은 군데군데 금이 가고 부서진 황토 벽돌들이 눈에 들어왔다. 지금껏 무심코 지나쳤던 곳에서 아티카의 일상이 작은 틈새로 흘러나왔다.

 1시간을 걸은 끝에, 언덕 초입에 도착했다. 노면전차의 선로를 따라 구불구불 이어지는 언덕길 위로 발걸음을 옮겼다. 지금까지 아티카의 풍경에 취해 미처 보지 못했던, 길 가장자리에 드리운 짙은 녹음이 시야에 들어왔다. 선로와 나무 그림자를 따라 올라가는 동안 온몸은 금세 땀으로 젖었다.

"하아…. 드디어 도착했다!"

숨이 차오른 탓에 마음속 독백이 입 밖으로 터져 나왔다. 입구 옆, 시계탑이 붉은 노을빛을 머금은 채 여섯 시를 가리키고 있었다.

힘겹게 도착한 광장은 이상하리만치 고요하기만 했다.

'오늘 왜, 평소보다 사람이 없지…?'

인기척 하나 없는 공간. 넓은 도시에 나 혼자 남은 듯한 이 기묘한 느낌, 세상이 멈춘 것처럼 느껴졌다.

4부

10장

나는 소민이의 말대로 광장 한쪽 벽을 향해 발걸음을 옮겼다.

"도대체 뭘 볼 수…."

벽을 보며 천천히 광장을 보니, 어느 한 부분이 직사각형으로 부자연스럽게 튀어나온 걸 볼 수 있었다.

"뭐지?"

부자연스러운 벽을 눌렀다.

"덜컥."

그러자 숨겨진 문이 등장했다. 나는 조심스레 벽을 밀고 안쪽을 보았다.

"여기인가?"

칠흑 같은 어둠 속의 통로에 나의 작은 목소리가 울려

퍼졌다.

"이판사판이다."

대부도를 구하기 위해서는 일분일초가 부족한 시간, 될 대로 되라는 심정으로 무작정 통로에 발을 들이밀었다.

어둠이 내려앉은 통로는 마치 끝이 보이지 않는 긴 터널처럼 펼쳐져 있었다. 벽은 습기와 어둠에 젖어 있었고, 발소리조차 축축한 메아리가 되어 돌아왔다. 조심스럽게 한 발 한 발 내딛다 보니, 통로가 오르막길임이 느껴졌다.

"우와."

어느 정도 걷다 보니, 거대한 홍살문들이 나를 반겼다. 붉은 홍살문 사이사이에는 등불이 벽에 걸려 있어 그리 어둡지 않았다. 부드럽게 타오르는 빛이 붉은 기둥을 은은하게 비추며, 홍살문의 그림자와 붉은 면이 조화롭게 드러났다.

붉은 홍살문이 가득한 어두운 통로 속에 드문드문 있는 등불의 모습은 예뻤지만, 찝찝한 습기에 오싹한 기분이 들어서 몸이 움츠러들었다.

홍살문이 가득한 오르막길을 오르니, 단단한 철제문이 나의 앞을 가로막았다.

'여긴 뭐 하는 곳이지?'

"텅-! 텅-!"

굳게 닫혀 있는 철제문을 두드렸다. 살짝만 두드려도 손등이 저려 왔다. 문을 두드려도 아무도 나오지 않자, 본능적으로 안에 아무도 없다는 생각이 들었다. 무거운 철문을 밀어젖히자, 눈앞에 짙은 어둠이 펼쳐졌다. 어둠 속에 숨어 있어도, 그 거대한 형체가 어렴풋이 시야에 들어왔다.

"달칵."

문 옆 벽을 더듬거리다가 형광등 스위치처럼 생긴 것을 찾아 눌렀다. 그러자 어두웠던 실내가 환해지더니, 그 속에 있던 거대한 것이 모습을 드러냈다.

"역시…!"

광활한 실내와 드높은 천장. 그 속을 꽉 채운 펌프들 앞에서 나는 미소를 지었다. 내 판단이 옳았음을 확인하는 순간이었다.

까마득한 높이에서 퍼져 나오는 펌프에서 공포심이 뿜어져 나왔다.

'저게, 대부도를….'

이 거대한 펌프가 대부도를 무너뜨리고 수많은 생명을 앗아갔다는 생각에, 온몸에 소름이 돋았다. 그런 생각과는 다르게 펌프는 내 예상보다 단순해 보였다.

"근데, 생각보다 단순하게 생겼네…? 그냥 저 돌덩이를 떨구는 방식인 건가?"

펌프는 천장에 단단히 고정돼 있었고, 그 바로 아래엔 거대한 돌덩이가 매달려 있었다. 아마 큰 돌덩이를 떨어뜨려 대륙판을 뒤흔들고, 해저 지진을 일으키는 방식인 것처럼 보였다.

"아니, 뭐가 이리 많아?"

펌프마다 선들이 얽히고설켜 있었고, 그 사이사이에 통로가 이어졌다. 게다가 펌프마다 조작판까지 달려 있었다. 대충 세어도 백 개는 훌쩍 넘었다.

"어떻게 이걸 부수지?"

대부도를 슬픔과 공포로 몰아넣은 펌프를 부수면 소중한 사람들이 다시는 같은 고통을 겪지 않을 거라는 생각 하나로 여기까지 왔지만, 막상 거대한 펌프를 마주하니 막막함이 머릿속을 가득 채우기 시작했다. 맨손의 어린아이가 이 거대한 기계를 부수기엔 펌프는 너무나 단단하고 거대했기 때문이다. 그 앞에 서 있는 나는 거대한 고래 앞에 선 사람처럼 무력감이 느껴졌다. 그렇다고 해서 포기할 수는 없었다. 반드시 이 과제를 해결해야 했기에,

펌프의 빈틈을 찾기 위해 이곳저곳을 구경했다.

"너, 누구야?!"

펌프를 구경하던 중, 경비원의 옷을 입은 새가 나를 보고 소리쳤다.

"인…. 인간?! 인간이다!"

새 곁에 서 있던 생선 얼굴의 아티카인이 나를 발견하자, 흠칫 놀라며 벽에 달린 손잡이를 잡아 내렸다.

"덜컥!"

손잡이가 내려가자, 펌프실은 귀가 아플 정도로 큰 경고음으로 가득 찼다.

"으아아…!"

엄청 큰 경고음에 온 신경이 곤두섰다. 소음은 귀를 찌르듯이 울려 퍼졌고, 붉은 경고등으로 인해 내 얼굴에는 당혹감과 불안감이 스쳐 지나갔다. 나는 본능적으로 이 상황에 벗어나기 위해 주위를 살폈다.

"거기 서!"

두 명의 아티카인이 나를 잡으러 달려오고 있었다.

'도망가자!'

살기 위해 그들로부터 펌프실 이곳저곳을 뛰어다녔다. 그들은 나를 잡기 위해 온갖 수를 썼지만, 소용없었다. 좌우로 에워싸고, 앞뒤로 길을 막으려 해도 두 명으로는 어림도 없었다. 당연했다. 어릴 적 보육원에서 원생들과 했던 경찰과 도둑 놀이로 다져진 달리기 실력과 순간 판단력에는 자신이 있었기에, 도망치는 것만큼은 누구보다 자신 있었다.

'이대로, 문으로 가자!'

두 명의 아티카인으로부터 도망쳐, 철제문을 향해 전속력으로 달렸다. 나를 따라서 오던 새의 모습을 한 아티카인이 널브러진 전선에 걸려 넘어져도, 나는 계속해서 달려 나갔다.

"으악!"

고개를 잠깐 돌린 순간, 앞에서 느껴진 물컹한 감촉과 함께 몸이 튕겨 나갔다.

정신을 차리고 앞을 보니, 나의 눈앞에는 무수히 많은 아티카인이 서 있었다. 나는 바다사자 모습을 한 아티카인의 배에 부딪혀 튕겨 나간 것이었다. 이곳에서 마주친 아티카인들은 해변에서 본 사람과는 분위기부터가 사뭇 달랐다. 팔과 얼굴에는 흉터가 가득했고, 몸 곳곳에는 특정 집단의 문양이 각인되어 있었다. 분위기로 보아, 보복당의 문양 같았다.

"뭐 해? 안 잡아?"

바다사자의 모습을 한 아저씨가 옆에 있던 이들에게 고개를 젖히며 말했다.

"네!"

그의 말이 끝나자, 옆에 있던 생선 모습을 한 아티카인들이 내 얼굴에 복면을 씌웠다.

"흥, 드디어 악마 같은 인간에게 더 강렬한 복수를 할 수 있겠군."

"이거 놔요! 놓으라고요!"

나를 묶은 이들에게 절대로 굴복하지 않을 거라는 마음으로 몸부림치며 저항했다.

"흥, 누가 더러운 인간이 아니랄까 봐. 뭐 해? 얼른 가두지 못하고!"

성인 남성 두 명에게 힘으로 이길리는 만무했던 나는 감옥으로 끌려갔다. 그럼에도 마지막까지 희망을 놓지 않고, 도망가기 위해 더욱 강한 힘으로 발버둥을 쳤다.

"에휴. 지치지도 않나. 어쩔 수 없다. 들자."

"나도 그게 좋다고 생각했어."

둘은 팔에 힘을 주어 나를 들어 올렸다. 허공에서 발길질을 해보았지만, 이들은 아랑곳하지 않고 나를 어딘가로 끌고 갔다.

"들어가."

나를 땅에 내려다 두고는, 나의 등을 툭 치며 말했다. 나는 어디인지 모를 곳을 향해 천천히 발을 앞으로 내디디며 걸어 들어갔다.

쾨쾨한 곰팡내가 코끝을 자극했다. 복면이 벗겨지자, 축축하고 답답한 감옥이 눈앞에 펼쳐졌다.

"얌전히 있어라. 그게 너한테도 좋을 거야."

나를 가둔 이들은 경고를 담은 말을 던지고는, 곧장 감옥 밖으로 향해 걸어 나갔다.

"예?"

홀로 있는 캄캄한 감옥에서 무수한 생각이 들었다.

'나는 이제 어떻게 되는 거지? 여기서 평생 있어야 하는 거는 아니겠지?'

그러다 문득, 금이 형과 민정이 누나가 떠올랐다.

'그냥, 금이 형 말대로 집에 있을걸…. 지금쯤, 나를 찾지는 않을까? 금이 형과 민정이 누나가 나를 구해주진 않을까?'

무수히 많은 생각과 걱정 때문에 나는 편히 감옥에 있을 수 없었다.

"아. 역시…. 안 되나?"

다급한 마음에 철창 사이로 얼굴을 밀어 넣어도 보고, 손이며 어깨며 밀어 넣어 봤지만 단단하고 좁은 철창을 통과하기엔 어림도 없었다. 축축하고 침침한 감옥에서 탈출은 불가능해 보였다.

그 시각, 아티카 국회의사당에서 밀린 서류 작업을 하던 이금은 비서가 황급히 집무실 문을 열자, 집중력이 끊기게 되었다.

"의원님!"

"무슨 일이길래, 그렇게 급하게 들어오는 것이에요?"

차분하게 말을 꺼내는 이금과 달리, 비서의 얼굴은 창백했고 숨조차 가쁘게 보였다.

"의원님, 지금…! 자제분께서 보복당에게 잡혔다고 합니다!"

"예?! 그 말이 사실인가요?!"

이금의 말에 비서가 고개를 끄덕였다. 이금은 하던 일을 멈추고 책상에서 벌떡 일어나, 집무실을 나서며 비서에게 말했다.

"당장, 고범래 의원에게 연락하세요. 지금 만나 뵙자고요."

"앗. 네. 알겠습니다."

평소 무슨 일이 있어도 평정심을 유지하던 그의 모습만 봤던 비서는, 지금까지와는 다른 그의 모습에 순간 겁에 질렸다.

화가 치밀어 오른 이금은 발걸음을 재촉하며, 고범래 의원의 집무실로 곧장 향했다.

"엇, 약속….'

이금이 고범래 의원의 비서를 무시한 채, 집무실 문을 벌컥 열고는 소리쳤다.

"이게 지금 뭐 하자는 겁니까?!"

수화기를 들고 있던 고범래 의원은 미소를 띠며 말했다.

"음? 비서의 말이 끝나기도 전에 오셨구먼. 어지간히 급하셨나 봐요? 이금 의원님?"

이금은 고범래 의원의 말에 참지 못하고 다시 크게 소리쳤다.

"지금 이게 뭐 하는 짓이냐고요! 제가 묻지 않습니까?!"

이금은 소중한 이선이 잡혔다는 사실에 격앙되어 있다. 평소 침착하기만 했던 그의 모습과 달리, 눈빛과 몸짓에는 분노가 담겨 있었다. 고범래 의원은 이금의 분노에 흔들리지 않고, 책상 위 빨간 단추를 눌렀다. 그리고는, 침착하게 이야기를 꺼냈다.

"이 의원님, 우리는 말이에요. 인간의 이기심 때문에 죽은 거 아닙니까. 예? 신이 인간에게 복수하라고 만든 존재 아닙니까. 그런 우리가 사는 아티카에, 어찌 된 영문인지는 모르겠지만 살아 있는 인간이 들어왔습니다. 인간은 우리에게 악마이자, 복수의 대상입니다. 안 그렇습니까? 예?"

고범래 의원은 목소리를 낮추고, 얄밉게 웃으며 이금을 긁어 댔다. 고범래 의원의 얼굴에서는 이미 자기가 이겼다는 자신감으로 가득했다.

"그런 인간을! 어찌 아티카에 돌아다니게 합니까? 안 그래요? 그건 의원으로서 할 짓이 못 되는 거 아닙니까? 이. 의. 원. 님?"

고범래 의원의 말이 끝나자, 그의 비서가 커피를 들고 집무실에 들어왔다.

"후. 이 의원님. 조금 진정하시고. 앉아서 이야기를 좀 하실까요?"

이금은 그의 말에 따라 소파에 앉았다. 그는 비서가 내린 차를 흘끗 바라본 뒤, 시선을 돌려 마음을 다잡고 본론을 꺼냈다.

"아직 애입니다. 아무것도 모르는 애라고요. 아무것도 모르는 순수한 어린애에게 인간의 죄를 물으실 생각인 겁니까? 고범래 의원님이 그토록 싫어하는 인간과 뭐가 다르죠?"

"하하. 이 의원님. 아니, 이 의원님이 더 잘 아시지 않나요? 유식의 죄보다 무식의 죄가 더 크다. 알고 저지르는 죄는 죄업을 각오하고 짓는 거고, 무식의 죄는 죄가 죄인 줄도 몰라서 한도 끝도 없다고 하죠. 특히, 무식의 죄는 어린아이들이 많이들 짓죠. 안 그래요? 이 의원님?"

고범래 의원은 턱을 만지며 약간 비웃는 표정으로 말을 이어갔다.

"아, 요즘에도 그거 하신다고 들었는데요. 그, 뭐지? 해양 쓰레기 수거요. 뭐, 덕분에 우리 아티카가 급속도로 성장한 기반이 되었죠. 근데, 요즘에도 어린 인간의 장난감들이 수거된다고 하는데 맞습니까? 이런데도 어린 인간이 잘못이 없다고 생각합니까?"

고범래 의원의 말이 끝나자, 이금은 깍지를 끼고 숨을 고르며 잠시 입을 멈췄다. 얼굴은 냉정을 유지하려 노력했지만, 손끝에는 긴장과 불안이 묻어났다. 마음속에서는 분노가 치밀었고, 동시에 이 상황을 어떻게 풀어야 할지에 대한 생각이 뒤섞여 있었다. 생각을 마치고 입을 열었지만, 그의 말끝은 살짝 흔들렸다.

"네. 요즘도 어린아이들의 장난감을 수거합니다. 하지만, 그건 의도하지 않은 겁니다. 의원님 말씀대로 무식의 죄가 더 크다면, 바로 그 무식을 깨는 것이 중요하지 않겠습니까? 어린아이들에게 환경 보호의 중요성을 교육하고, 아이들이 올바른 행동을 하도록 돕는 것이 우리 어른들의 책임 아닙니까? 이는 어른에게 제대로 된 교육을 하지 않은 죄를 물어야지, 어린아이에게 묻는 것은 잘못된 거란 말입니다. 이만, 그 아이를 풀어주시죠."

고범래 의원은 이금의 말에 손뼉을 치며, 웃음을 터뜨렸다.

"하하. 역시. 우리 이 의원님. 말씀 하나는 기가 막히신다니까? 이러니 많은 아티카인들이 그쪽으로 넘어갔지. 역시 못 당하겠네요. 이 의원님에게는."

웃음을 지으며 말하던 고범래 의원은 말이 끝나자, 순식간에 표정이 뒤바뀌며 말했다.

"근데요. 제가 알기론, 요즘 초등학교에서 환경에 관한 중요성을 가르친다고 들었는데요. 제 말 틀립니까? 교육

했음에도 지켜지지 않는 것은, 순전히 인간 꼬맹이들의 잘못이 크다고 생각하는데요? 그런…. 인간 꼬맹이를 왜 봐줘야 합니까? 예?! 대답해 보세요! 이 의원님!"

고범래 의원은 사나운 이빨을 드러내며, 이금을 향해 소리쳤다. 범고래의 모습을 한 고범래 의원의 화난 얼굴에 겁먹어도 이상하지 않았지만, 이금은 표정 하나 변하지 않았다. 이금은 이선을 위해서라면 당장 내일 죽어도 상관없다는 생각이었기에, 그 무엇도 무섭지 않았다.

표정 하나 변하지 않고, 결의에 찬 눈빛으로 자기를 뚫어져라 보는 이금에게 고범래 의원이 말했다.

"정말, 이 의원님의 배포 하나는 못 이기겠군요. 정, 그러시겠다면야. 아티카 국민들에게 물어보시죠. 이 의원님이 모두 앞에서 그 인간 아이의 존재를 설득하신다면, 제가 한 수 무르겠습니다. 약조하지요."

"좋습니다."

이금은 주먹을 불끈 쥐며 말했다. 고범래 의원의 손보다 작고 여린 손이었지만, 그 안에는 누구도 꺾지 못할 결심이 담겨 있었다.

11장

 "아, 아. 안녕하십니까. 존경하는 아티카 국민 여러분. 저는 아티카 보복당의 고범래입니다. 오늘 저희는 살아 있는 인간 아이를 잡는 데에 성공하였습니다. 지금으로부터 한 시간 뒤에, 저희는 인간 아이에 대한 처분에 관한 토론회를 개최할 예정입니다. 인간에게 복수를 꿈꾸는 아티카인이여! 지금 우리의 소망이 코앞에 다가왔습니다! 한 시간 뒤, 아티카 국회의사당 대강당에서 진행합니다. 많은 아티카인이 오기를 바랍니다. 감사합니다."

 고범래 의원의 방송이 아티카 전역에 흩뿌려졌다.

 "이게 지금 무슨 말이래? 살아 있는 인간이라고?"

 "아니, 애당초 살아 있는 인간이 올 수는 있는 곳이긴 해? 아티카가?!"

삼시간에 아티카는 큰 혼란에 빠졌다. 고범래의 말을 믿는 이들과 그렇지 않은 아티카인들 간의 논쟁이 격렬하게 달아올랐다.

재활용 쓰레기로 만든 대강당은 독창적이면서도 창의적인 분위기를 풍기고 있었다. 좌석은 버려진 폐타이어를 활용하여 만든 탓에, 둥글고 부드러운 쿠션감이 느껴졌다. 강당의 벽은 전부 버려진 플라스틱 포크와 숟가락을 이어 붙여 만들었다.

시간은 흘러 약속한 시각이 되었다. 강당은 관객들을 맞이할 준비를 마쳤고, 아티카는 그 어느 때보다 시끄러웠다.

혹등고래의 모습을 한 사회자가 강당에 모인 이들에게 말했다.

"자, 자. 여러분들 이렇게 모여주셔서 감사합니다. 자리에 앉아주시길 바랍니다."

강당에 아티카인이 너무 많이 몰려서, 서 있거나 바닥에 앉은 이들이 적지 않았다. 어느 정도 시간이 흐르자, 고범래 의원과 이금 의원이 강당에 모습을 드러냈다.

"지금부터 아티카에 흘러 들어온 인간 아이에 대한 처분에 관한 토론을 시작하도록 하겠습니다. 먼저 고범래 의원부터 말씀해 주시길 바랍니다."

 사회자가 운을 띄웠다. 그러자, 고범래는 이 순간을 기다렸다는 듯이 마이크를 잡고 말했다.

 "아티카의 동지들이여, 우리는 어제 지진해일을 통해 인간들에게 복수하였습니다. 또, 오늘은 인간의 아이를 우리 손아귀에 생포하는 데에 성공하였습니다. 인간들은 우리 바다를 오염시키고, 우리의 삶을 파괴했습니다. 납치해서 좁은 수족관에 가두고! 어업으로 우리의 친구를 무자비하게 학살하고! 그 끝내, 살아 있는 우리 일족들은 멸종의 두려움에 떨게 되었습니다! 이제 우리는 이 아이의 처분을 통해 인간들에게 경고할 것입니다. 이를 통해 우리의 후손들을 우리가 지키게 될 것입니다. 아티카의 정의를 실현하고, 바다의 평화를 되찾기 위해 모두가 단결해야 할 때입니다. 우리의 목소리를 높여, 인간들에게 우리의 분노와 결의를 알립시다. 아티카와 우리의 일족을 위해!"

 고범래 의원의 말에 그를 지지하는 아티카인들이 환호하며 연신 손뼉을 쳤다.

 "조금 정숙해 주시길 바랍니다. 자. 이제, 이금 의원님이 말씀해 주시길 바랍니다."

웅성거리던 강당이 사회자의 제지에 서서히 조용해졌다. 이금은 깊이 숨을 들이쉬고, 천천히 마이크를 집어 들었다.

"아티카의 내일을 만들어 가는 여러분들, 우리는 지금 중요한 선택의 기로에 서 있습니다. 인간들이 아티카인에게 저지른 일은 가볍지 않음은 틀림없는 사실이지만, 복수는 또 다른 고통을 낳을 뿐입니다. 우리가 복수를 선택한다면, 인간들은 아티카인의 일족을 멸종시킬 것입니다. 인간은 결코, 인류를 해치는 생물을 그냥 내버려두지 않으니까요."

아티카인들 사이로 묘한 긴장감이 퍼졌지만, 이금 의원은 잠시도 머뭇거리지 않고 말을 이어갔다.

"우리는 인간 아이를 통해, 인간들에게 새로운 길을 제시할 수 있습니다. 아이는 어른에게 없는 가능성과 순수함을 가지고 있습니다. 지금 잡힌 아이가 인간 세상에 우리의 목소리를 대신 전하고, 인간들이 변화할 기회를 줄 수 있을 것입니다. 저는 이번 기회를 살려 용서와 이해를 인간들에게 전달해, 바다의 진정한 평화를 되찾고자 합니다. 복수는 살아 있는 아티카인의 일족들에게 피해를 주는 선택지입니다. 우리는 살아 있는 아티카인의 일족들에게 더 나은 미래를 물려주어야 한다고 생각합니다. 이제는 우리가 단결하여 화해의 손을 내밀어야 할 때입니다. 아티카와 아티카인의 일족을 위해, 평화로운 내일을 함께 만들어 갑시다."

이금 의원의 말에 공감하는 아티카인들이 자리에서 일어나, 손뼉을 치고 환호성을 질렀다. 본격적인 토론의 시작을 알린 셈이었다.

"어이, 꼬마. 나와라."

교도관의 옷을 입은 아티카인이 철창을 잡는 나를 보며 말했다. 그는 허리춤에 있는 열쇠 꾸러미에서 감옥 열쇠를 찾아, 열쇠 구멍에 넣고는 문을 열었다. 갑자기 나를 풀어주는 교도관의 모습에 의아함이 느껴졌다. 그의 뒤를 따라 감옥을 나서려니, 온갖 상상을 하게 되었다.

'설마, 나 사형당하는 거 아냐?!'

예전에 봤던 영화에서도 나와 비슷한 상황에 놓였던 등장인물이 생각났다. 나도 그 캐릭터와 같은 결말을 맞이할 것만 같은 생각에 조심스레 그에게 말을 걸었다.

"저…. 어디 가나요?"

나의 말에도 교도관은 그저 아무 말 없이 앞으로 걸어갔다. 그러다 어린아이에게 너무 쌀쌀하게 대한 것만 같다는 생각을 한 것인지, 입을 열고 나의 말에 대답해 주었다.

"크음. 우리는 국회의사당으로 간다. 거기서 너의 처분이 결정될 거다. 네가 말을 잘하면 너에겐 좋을 수도 있을 거다."

"아…. 네."

그가 무슨 말을 하는지는 정확히 알 수 없었지만, 적어도 죽으러 가는 길은 아니라는 생각에 숨이 쉬어졌다.

"자, 들어가라."

강당의 문이 열리자, 수많은 아티카인의 시선이 전부 나에게 집중되었다. 강당에서 들려오는 웅성거림과 무거운 탄식들이 마치 나를 재판대에 오른 죄인처럼 만들었다.

"더러운 인간."

관객석에 있던 아티카인의 말에 나의 귀에 닿았다. 그 말이 거듭 들리자, 발끝까지 굳어버린 듯 몸이 말을 듣지 않았다.

힘겹게 강당 앞까지 걸어가자, 금이 형이 내 눈을 바라보며 입 모양으로 말했다.

"괜찮아."

그의 입 모양을 읽는 순간, 불안하던 마음이 조금 가라앉아 나를 지탱해 주는 힘이 되었다.

"단상에 올라오세요."

혹등고래 형상을 한 아티카인이 부드러운 목소리로 말했다. 나는 떨리는 다리를 이끌고 조심스럽게 단상에 올랐다.

내가 단상 중앙으로 향하려는 찰나, 객석 어딘가에서 날카로운 목소리가 튀어나왔다.

"어이, 인간!"

걸음을 멈춘 내 눈에, 분노로 얼굴이 일그러진 아티카인이 들어왔다.

"너희 인간들이 우리 바다를 오염시키고, 우리 가족과 친구들을 무자비하게 학살했어! 알고 있냐! 너 같은 어린 아이도 예외는 없었지! 무심코 버린 쓰레기가 우리에게 얼마나 큰 피해를 준 건지 알고 있냐고! 인간!"

마치 오래된 상처가 벌어지는 소리처럼 듣는 나도 너무 아팠다. 그의 말이 도화선이 되기라도 한 듯, 사방에서 참아왔던 분노가 한 번에 터져 나왔다.

"맞아! 나는 그물에 목이 졸려서 질식해서 죽었다고!"

"우리 엄마는 수족관에 갇혀, 좁은 물속에서 병들다 죽었다고!"

"낚싯바늘에 눈이 찔렸어. 그날 이후 나는 어둠 속에서 살았어! 그 마음을 아냐고!"

"우리 애는 인간들이 쓴 양식용 약품 때문에 장애가 생겼어!"

관객석에는 나를 안쓰럽게 보는 이들도 있었지만, 내 눈에는 오직 나에게 욕설과 분노를 쏟아내는 아티카인밖에 보이지 않았다. 나는 그 자리에서 뿌리째 흔들리는 기분으로 서 있을 수밖에 없었다.

"아…. 어…."

매서운 칼날 같은 목소리와 눈빛에 식은땀이 흐르고 몸이 얼어붙었다. 그 어떠한 변명거리가 떠오르지 않았다. 실제로 며칠 전만 해도 나는 바다에 쓰레기를 버린 적이 있기도 했지만, 무엇보다 아티카에서 생활하면서 인간이 버린 쓰레기의 참상을 직접 목격했기에 아무 행동도 취할 수가 없었다. 죄책감과 겁에 질려 내가 조금씩 뒷걸음질 치려 하자, 고범래 의원이 입가에 미소를 띠며 나지막하게 혼잣말했다.

"끝났군."

아티카인들의 분노로 강당이 들끓고 있을 때였다.

"여러분들, 멈추세요!"

내가 단상에서 혼란에 빠져 있을 때, 금이 형이 마이크를 잡고 강당의 관심을 자기에게 집중시켰다. 나에게 분노와 비애를 쏟던 아티카인들의 말문이 멈추고, 잠깐의 침묵이 찾아왔다.

"존경하는 아티카의 국민 여러분. 이 아이는 여러분을 다치게 하고 죽게 만든 원흉이 아닙니다. 같은 인간이라는 이유만으로 미움받고 복수의 대상이 되어서는 안 됩니다. 무엇보다 아무런 잘못 없는 어린아이에게 감정의 쓰레기통처럼 분노를 쏟아내는 것은 더욱 안 됩니다. 인간이기 전에, 어린아이이지 않습니까? 예? 저희는 분명, 다 같이 이기적이고 야만적인 인간들보다 나은 존재가 되고자 다짐하지 않았습니까? 지금, 이 순간, 우리가 하는 행동이 인간과 무엇이 다릅니까? 그때, 우리가 다 같이 했던 다짐은 어디로 갔습니까?!"

금이 형의 말에 너도나도 어린아이에게 모난 말들을 뱉었던 자기 모습에 머쓱하며 하나둘 자리에 앉기 시작했다.

"어린아이는 백지와 같습니다. 쉽게 물들고, 쉽게 변합니다. 검은 손이 닿으면 어둠을 품고, 다정한 손길이 닿으면 그 속에 아름다움이 채워집니다. 그 전에, 우리는 묻고 있어야 합니다. '나는 어떤 어른인가?'를 말이죠. 왜냐, 어린아이라는 백지에 어떤 손을 닿게 할 건지는 우리 어른이 정하기 때문이죠. 그렇기에 우리는, 지금, 이 순간 선택해야 합니다. 이 아이를 무엇으로 물들고, 이 아이에게 무엇이 그려지길 바라는 것인가요? 분노입니까? 복수입니까? 아니면, 희망입니까?"

토론은 어느새, 금이 형이 주도하고 있음은 어린 내가 봐도 알 수 있었다. 침묵이 돌았을 때, 내가 입을 열었다.

"잘못했습니다. 여러분들의 아픔을 전부 이해하고 공감은 못 하겠지만, 정말 잘못했습니다. 정말이에요."

바다에 놀러 갈 때마다 쓰레기를 버렸던 나의 행동들이 내 머릿속에서 생생하게 재생되고 있었다. 나의 무책임한 행동에 대한 반성이자, 속죄를 위해 뱉은 말이었다.

"여기서 금이 형이랑 민정이 누나랑 그리고 소민이랑 바다에서 쓰레기 치우면서 많이 반성했어요. 바다에서 쓰레기를 버린다는 게 얼마나 잘못된 행동인지 알게 되었어요. 다시는 바다에 쓰레기 안 버릴게요. 잘못했습니다."

눈물이 흘렀다. 아티카인에 대한 죄책감도 있겠지만, 금이 형과 저 멀리 관객석에 있는 민정이 누나, 소민이 앞에서 뱉는 반성이 너무나 부끄러워서 나오기도 했다. 얼른 이 자리가 끝나길, 그 누구보다 간절히 바랐다.

"인간은 반성하며 성장하는 동물입니다. 인간은 때론 본능을 억제하지 못해, 이기적으로 굴기도 합니다. 그러나, 본능을 억제하지 못했던 자기의 과오를 반성하며 후회하고 죄책감을 가지며 앞으로 나아갑니다. 여러분 앞에 있는 이 아이도 마찬가지입니다. 이곳에서의 특별한 경험을 통해 반성하고 있습니다. 이 일로 이 아이는 분명 앞으로 더 나은 인간이 되고, 해양 생물을 배려할 줄 아는 어른으로 성장할 것입니다. 지금 우리는 희망의 씨앗을 지켜내야 합니다. 만약 이 씨앗을 짓밟는다면, 고통의 연쇄는 결코 끝나지 않을 것입니다."

금이 형의 말에 고범래 의원이 책상을 강하게 내리치며 말했다.

"거짓말하지 마! 인간은…! 인간은 변하지 않아! 악마의 후예라고! 평생을 그 좁은 수족관에서 인간에게 재롱부려야 했던 내 비굴한 삶을 당신이 알기나 해?! 내가 죽거나 하면, 내 일족이 잡히는…. 그 끝나지 않을 지옥의 고리를 당신이 알기나 하냐고! 인간은 악마라고! 자기들의 이기심에 고통을 외면하고 악하기만 존재라고!"

금이 형은 고범래 의원의 말에 차분한 목소리로 반론했다.

"네. 맞습니다. 하지만, 모든 인간이 그런 건 아닙니다.

여기 있는 모두는 잘 알고 있지 않습니까? 인간의 선한 모습을요. 인간이 자기들의 잘못을 반성하고, 자기들이 버린 쓰레기로 고통받는 해양 생물을 구조하는 이야기를 자주 접합니다. 안 그렇습니까? 폐어구에 몸이 묶인 고래를 풀어주고, 다친 부위가 있다면 치료해 주고, 무엇보다 얕은 연안에서 죽음을 기다리는 범고래에게 바닷물을 뿌려서 밀물 때까지 살려주기도 합니다. 또, 돌고래 공연을 하던 수족관에서 지금은 돌고래가 아닌 인간이 공연한다고 합니다. 분명, 인간은 이기적이고 악한 면이 있습니다. 그러나, 반성을 통해 성장하고 이를 만회하려는 인간도 분명히 존재합니다. 안 그렇습니까?!"

금이 형의 말에 고범래 의원이 다급하게 반박하려 입을 열었다.

"인간을 숨긴 당신이 뭘…!"

토론 시간이 끝나가자, 급하게 사회자가 나와서 이들을 중재했다.

"네. 여기까지 하겠습니다. 이제 시간도 다 지나서요. 마지막으로 의원님들의 한마디를 듣고 투표를 진행하도록 하겠습니다. 즉석에서 진행되는 만큼 투표도 1시간 안에 모두 이뤄지고 나서 결론을 내도록 하겠습니다. 누가 먼저 하시겠습니까?"

고범래 의원이 먼저 마이크를 집어 들었다.

"아티카 동지들이여. 우리는 이미 인간 세상에 한 차례 복수를 하였습니다. 이 복수를 멈춰서는 안 됩니다. 우리의 오랜 한을 풀어야 합니다. 인간 꼬맹이를 죽여서 우리의 복수와 결의를 인간들에게 보냅시다. 우리에게 각인된 공포를 그들에게도 각인시키십시오."

고범래 의원의 말에 소름이 돋았다.

'지금 나를 죽인다는 거야…?'

내가 버린 건 고작해야 열 손가락에 다 들어갈 정도로 적은 양의 쓰레기였는데, 그것이 내 생명을 앗아갈 이유가 되다니. 이건 너무 억울하고 부당하다고 생각했다.

고범래 의원의 말이 끝나자, 금이 형이 마이크를 잡고 말하였다.

"신이 우리 아티카인을 창조하신 이유는, 인간에게 '복수'와 '기회'라는 두 갈림길을 선택하게 해주기 위함이라고 믿습니다. 복수는 쉽습니다. 마음만 먹으면 당장이라도 쥐고 휘두를 수 있죠. 하지만 그 끝에는 언제나 상처와 파멸이 기다릴 뿐입니다. 반면, 기회는 어렵습니다. 심지어 성숙한 어른조차, 자신을 해친 이에게 기회를 준다는 건 쉽지 않은 일이죠. 하물며 인간은 우리를 보지 못하는 존재이기도 합니다. 그런 그들에게 기회를 준다는 건, 어쩌면 무모하게 느껴질 수도 있습니다."

말하던 금이 형이 자리에서 일어나, 한 손으로 나의 어깨를 감싸안으며 말했다.

"그런데 그런 우리에게 신은 하나의 기회를 내려주셨습니다. 바로 이 어린아이라는 형태로 말이죠. 이 아이는 아티카에서 저와 함께 살아오며, 자신이 저지른 과오를 돌아보고, 타인을 이해하는 법을 배웠습니다. 그 여린 마음 안에, 반성과 성장이라는 변화의 싹이 자라난 것입니다. 저는 믿습니다. 이 아이가 아티카에서 한 반성과 성장을 토대로, 인간 세상을 바꿀 수 있는 존재가 될 것임을요. 우리 아티카는 이미 한 번, 복수를 통해 인간에게 '슬픔'을 주었습니다. 이는 분명 그들에게 '복수'를 할 명분을 준 것입니다. 그러나 이 아이를 지킨다면, 분명 인간에게 '변화'할 기회를 주게 되는 것입니다. 존경하는 아티카 국민 여러분. 평화의 시작은 칼도 아니고, 벽도 아닌 '믿음'입니다. 우리가 지금 해야 할 일은, 증오를 되갚는 것이 아닙니다. 그들이 더 나은 존재가 될 수 있도록, 인간이 가진 반성의 가능성을 가장 먼저 믿어주는 것입니다.

그것이 진정으로 위대한 아티카인의 길이며, 신이 우리에게 기회를 준 이유라고 저는 믿고 싶습니다."

말이 끝나자, 금이 형이 나를 향해 미소를 지었다. 아무 말도 하지 않았지만, 그 미소가 분명 나를 안심시키려는 것임은 틀림없었다. 애초에 금이 형이 말을 너무 잘해서, 처음처럼 감정이 크게 떨리지는 않았다.

"자, 지금부터 투표를 진행하도록 하겠습니다. 앞으로 한 시간 동안 진행이 될 예정이니, 방송으로 들으신 모든 분께서는 국회의사당으로 오셔서 투표해 주시길 바랍니다."

사회자가 말했다. 아티카인들은 질서정연하게 줄을 서서, 강당 한쪽 측면에서 투표하기 시작했다.

투표하러 가는 아티카인들 중에서 몇몇은 나를 째려보거나, 나에 대해 안 좋은 말로 수군거렸다. 고요한 강당에서 그 작은 수군거림은 확성기에 대고 말한 것처럼 선명하게 들렸다.

그들의 시선을 피해, 주춤대며 금이 형의 다리 뒤로 몸을 반쯤 가렸다.

"선아, 괜찮니?"

아티카인들이 투표에 한창일 때, 금이 형이 나지막한 목소리로 나에게 말했다.

"네…."

애써 괜찮은 척 고개를 끄덕이며 대답했다. 내심 강단에 서 있는 게 불편했지만, 티를 내선 안 된다는 생각이 들었다.

"자, 지금부터 개표를 시작하겠습니다!"

길다면 길고, 짧다면 짧다고 생각되는 투표 시간이 지나고 말았다. 이제 이 결과에 따라, 나의 처분이 결정된다.

12장

 투표 결과는 압도적이라고 할 수는 없는 표 차이로 금이 형이 승리했다. 고범래 의원은 원하는 바를 더 이상 할 수 없음에 화가 났는지, 그 자리를 박차고 나갔다. 아티카인들은 나에게 아티카와 인류의 희망이라고 외쳤다. 나에게 무수히 많은 책임을 떠넘기는 듯한 느낌이 들었다.
 금이 형의 손을 잡고 강당을 나섰다. 밖은 어느새 깜깜한 밤이 되어 있었다.
"가자. 민정이 누나가 기다리겠다."
 금이 형이 땅만 보고 있는 나에게 말을 걸었다.
"선아, 왜 그래?"
"제가 잘할 수 있을까요?"
 나의 힘없는 목소리에 금이 형은 몸을 낮춰 나와 눈높

이를 맞추었다.

"선아, 형을 좀 볼래?"

그의 목소리는 잔잔한 파도의 물결 같았고, 눈빛은 마치 깊은 바다와 같았다.

"선이는 지금 머릿속에 이런 생각이 있지? '왜 하필 나야? 왜 내가 이런 걸 해야 하지?'라는?"

금이 형의 말은 내 머릿속을 들여다본 것처럼 정확했다. 나는 마음속에서 지금 책임과 이기심 사이에서 아슬아슬한 줄다리기를 하는 듯한 기분이다. 무거운 책임이 한쪽에서 나를 끌어당기고, '아직 어린아이일 뿐'이라는 이기심이 반대편에서 잡아당기고 있었다.

내가 금이 형의 말에 고개를 끄덕이자, 금이 형은 나의 어깨에 손을 부드럽게 올리며 위로의 말을 건네주었다.

"책임이란 건 말이지…. 지금 당장은 그게 짐처럼 느껴질 수 있어. 너무 무겁고, 숨이 막힐 거야. '내가 이걸 감당할 수 있을까, 내가 그럴 그릇인가? 굳이 해야 할까? 아직 어린아이인데?' 하는 생각이 머릿속을 가득 채워서 사람을 무기력하게 만들어. 책임이라는 놈은 그런 존재야. 근데, 선아. 책임은 대단한 사람만 질 수 있는 게 아니다? 작고 하찮아 보여도, 책임을 조금씩 지다 보면 결국 대단한 사람이 되는 거야! 선아."

 금이 형의 말에 입술을 삐죽이며 내가 지금 짊어진 책임은 작고 하찮은 게 아니라고 반박하려 했지만, 그 말은 금이 형의 말에 목구멍 아래로 삼켜지고 말았다.

 "선아, 저기 지평선 끝에 있는 바다가 보여?"

 고개를 돌려, 퉁명스러운 눈빛으로 지평선 끝을 바라보았다. 선명하지는 않았지만, 분명 지평선 끝에는 칠흑 같은 바다가 있음이 느껴졌다.

 "형이 선이에게 책임을 준 이유는, 선이가 바다처럼 될 가능성이 있다고 믿고 있어서야."

 "네? 제가요?"

 나조차도 나의 그릇이나 사람으로서의 가능성이 크다고 생각하지 않았다. 보육원 형들이 항상 나를 칭찬하기보다는 비하하기에 바빴으니까 말이다. 언제나 나는 자기 자신을 보잘것없다고 생각하며 살아왔지만, 금이 형의 눈은 그렇지 않았다. 며칠밖에 안 본 사이임에도, 그는 나를 바다처럼 큰 가능성을 가진 존재로 바라보고 있었다.

 "당연하지. 선이는 분명, 바다처럼 크고 멋진 사람이 될 거야."

 확신으로 가득 찬 금이 형의 목소리가 내 마음 깊은 곳을 흔들었다. 생애 처음으로 제대로 인정과 기대를 받는다는 생각에, 가슴이 벅차올랐다. 그래서일까. 나도 모르게, 입꼬리가 살짝 올라갔다.

"선아, 바다는 세상에서 가장 큰 책임을 지는 존재야. 하지만 바다는 결코 혼자서 그 무게를 감당한 게 아니야. 그 안에 살아가는 생명들이, 저마다 작게나마 책임을 나눴기 때문에 바다는 지치지 않고 살아 숨 쉴 수 있었던 거야. 작은 웅덩이였던 하찮은 바다가 처음부터 모든 무거운 짐을 혼자 짊어졌다면, 지금처럼 넓고 깊게 자라기 전에 이미 메말라 버렸을지도 몰라. 바다는 그것을 알고, 함께 짊어졌기에 지금처럼 거대해질 수 있었던 거야. 그러니까, 선아. 모든 걸 혼자서 짊어지지 않아도 돼. 힘들면, 바다처럼 나눠줘!"

금이 형의 말은, 어쩌면 내가 오래전부터 듣고 싶었던 말이었는지도 모른다. 나는 늘 '함께 책임진다면, 보육원도 살만한 곳이 될 수 있어'라고 믿고 싶어 하며, 그곳에서 힘겹게 버티고 있었다. 하지만 그곳에서 '맏형'이라는 이름은, 나 혼자 모든 걸 떠안으라는 명령과 다름없었다. 초등학생인 나에게 맏형의 책임은 너무 무거웠고, 감당하기엔 벅찼다. 보육원 어른들의 말과는 너무도 다른, 금이 형의 따뜻한 위로에 나는 그만 놀라버렸다. 내 입에서 튀쳐나온 목소리는, 놀람과 안도의 중간 어디쯤이었다.

"네? 정말요? 그래도 돼요?"

"그럼! 지금 당장 선이 혼자서 다 감당하려고 하면 금방 힘이 빠질 거야. 바다가 수많은 생명과 책임을 나누면서도 거대한 존재가 될 수 있었던 것처럼, 선이도 주변 사람들과 책임을 나누면 더 단단하고 대단한 사람이 될 거야. 지칠 때마다 혼자라고 느끼지 말고, 언제든 도움을 구해도 괜찮아. 당장 선이의 옆에는 형이나 민정이 누나 그리고 소민이가 있잖아?"

교과서가 가득 담긴 책가방을 내려놓은 것처럼, 숨이 탁 트였다.

"네!"

나의 웃는 얼굴을 본 금이 형은 낮췄던 몸을 일으켜 세우며 말했다.

"이제 집에 갈까?"

집으로 가는 길, 금이 형에게 장난스러운 목소리로 넌지시 말을 걸었다.

"그러면 제 책임 조금만 들어주실 수 있어요?"

"당연하지. 조금 정도가 아니라 전부 다 들어줄 수 있는 걸?"

"아. 그러면 다…."

"요 녀석이?"

"히히."

나에게 다정한 위로를 건네준 금이 형이 너무나 고마웠고, 더욱 아티카를 떠나고 싶지 않아졌다.

다사다난했던 하루가 지나고 오전 열한 시, 금이 형이 잠을 자던 나를 깨웠다.

"선아, 얼른 일어나야 놀러 가지!"

눈꺼풀에 붙은 눈곱을 떼며 말했다.

"저희 어디 가요?"

"신사. 신사 가야지! 선이가 좋아했던 것 같아서. 이번엔 우리끼리만 가자."

"정말요?!"

내 짧은 생에서 가장 아름다운 장소를 꼽으라면 단연 아티카 신사라고 말할 수 있다. 그곳을 다시 갈 수 있다는 사실에 가슴이 두근거리며, 잠이 일순간 달아났다.

"우와~! 신사 간다!"

이른 점심 식사를 마치고 외출 준비까지 마친 우리는 집을 나섰다. 노면전차에서 내리니, 이전에 보았던 낡고

덩굴에 뒤덮인 정류장이 모습을 드러냈다.

정류장 뒤편으로 난 흙길을 따라 들어서자, 무성하게 자라난 풀들이 뭔가 평소와는 다른 분위기를 풍겼다.

'뭔가 다시는 못 올 것 같은 기분이 드네.'

두 팔을 연신 비비며, 그저 거대한 풀들이 낸 음산한 분위기가 준 착각이라 생각했다. 순백의 홍살문 앞에 서자, 낯선 기운이 온몸을 휘감았다. 저번에는 결코 느끼지 못했던 감각이었다. 나는 본능적으로 민정이 누나와 금이 형의 손을 꼭 잡았다. 두 사람은 마치 내 마음을 헤아리기라도 한 듯, 따뜻하게 내 손을 감싸주었다.

"가자~!"

두 사람의 손에 이끌려, 망설이던 발을 천천히 내디뎠다. 두 사람과 같이 있으니, 마음속에 자리 잡은 원인 모를 불안감을 이겨낼 수 있을 것만 같았다.

우리는 저번처럼 풀로 덮인 통로를 지나, 그 너머에 있는 동굴로 향했다. 동굴은 여전히 신사에서 퍼져 나오는 신비로운 기운으로 가득 차 있었다. 특히 당산나무에서 뿜어져 나오는 특별한 기운은 호수로 흘러 들어가 더욱 맑고 투명하게 반짝이는 듯했다. 나는 저 멀리 호수에 서 있는 홍살문에서 눈을 떼지 못했다. 그 문이 마치 나를 부르는 듯했으니까.

우리는 신사 뒤편에 자리한 작은 나무 의자에 나란히 앉아, 잔잔한 호수를 바라보았다. 천장에 뚫린 구멍을 통해 비스듬히 쏟아져 내리는 햇살이 홍살문을 비추자, 마치 세상의 번잡함에서 벗어나 한적한 안식처에 온 듯한 느낌을 주었다.

호수를 바라보다가, 불현듯 물속에 발을 담그면 이 고요함 속에 스며들 수 있을 것 같다는 생각이 들었다. 하지만 예전에, 보육원에서 규칙을 어겼다가 꾸중을 들었던 기억이 발목을 잡았다. 마음이 먼저였지만, 행동으로 옮기기 위해서는 어른의 허락이 필요했다.

"저…. 호수에 발을 담가도 돼요?"

"당연하지. 발을 담그는 정도는 괜찮아."

금이 형이 고개를 끄덕이며 대답했다.

"아싸!"

나는 두 눈을 반짝이며 "정말요?"라고 되묻지도 않고, 호수가 닿은 지면 끝에 다가갔다. 벗은 신발을 옆에 두고 호수를 향해 발을 내밀었다. 물이 발끝에 닿자, 아티카의 모든 소음과 멀어지는 듯한 기분이 들었다.

그 기분도 잠시, 처음 아티카에 왔을 때처럼 목에 걸린 반지가 은은하게 빛나기 시작했다. 내 몸에서 빛이 나자, 두 사람은 놀란 표정으로 황급히 나에게 다가왔다.

"이제 갈 때가 되었나 보구나."

금이 형은 반지에서 흘러나오는 빛을 바라보며, 마치 이 순간이 올 줄 알고 있었다는 듯 씁쓸한 표정을 지으며 말했다.

"뭐?!"

그의 말을 듣는 순간, 민정이 누나의 얼굴이 순식간에 창백해졌다. 금이 형은 그런 그녀를 보며 다정하게 다가가, 등을 조심스럽게 토닥였다.

"선아. 사실은 우리가 선이에게 엄청나게 큰 거짓말 하나를 했단다."

"네? 그게 무슨…."

무슨 뜻인지 알 수 없던 나는, 그들의 말을 되새기며 우리가 나눴던 대화를 천천히 떠올리기 시작했다.

도무지, 금이 형이 어떤 거짓말을 했는지 생각이 나지 않을 무렵이었다. 금이 형이 나와의 눈높이를 맞추고 하지 못했던 말을 꺼내었다.

"형과 민정이 누나에게는 사랑스러운 아들이 있었단다. 12년 전, 눈에 넣어도 아프지 않을 아들이 2월 5일 새

벽에 태어났단다. 그날의 행복은 그 무엇과도 비교할 수 없었고, 우리는 이 행복이 영원할 거라 믿었단다. 행복해야만 했던 새벽에 갑작스레 배가 기울기 시작하더니, 바닷물이 빠르게 차오르기 시작했단다. 구명보트와 구명조끼가 턱없이 부족한 상황에서 우리는 구명조끼 하나를 젊은 여성에게 양보했단다. 그때 우리는 구명조끼 하나로 우리 가족 전부가 살 수 없다는 절망적인 판단을 내려서 그랬단다. 그럼에도 살기 위해 배에서 최대한 버텨보았지만, 구조대는 끝내 오지 않았단다. 그런 상황에서 가장 소중한 아들만이라도 살리고자 다짐했지. 우리는 눈물을 머금고 구명보트에 탄 사람들에게 아이를 맡긴 채 바다로 뛰어들었단다."

잠깐의 침묵이 감돌았다.

'설마. 설마.'

마음속에서 큰 폭풍이 몰아치기 시작했다. 지금 듣는 이야기는 내가 원장님께 들었던 이야기와 똑같았기 때문이었다.

"그 아이의 성은 나의 성인 전주 '이' 씨를, 그리고 이름은 착하게 자라길 바라는 마음으로 착할 '선'이라는 한자를 붙였단다. 우리 아들의 이름은 이선. 바로, 선이란다."

숨이 가빠졌다. 원하고 원했던 상황이었지만, 몸이 어떻게 반응해야 할지 몰랐다.

그 순간, 민정이 누나가 참아왔던 눈물을 터뜨렸다. 주저앉아서 우는 민정이 누나가 눈물을 뱉어내며 말했다.

"엄마는…. 선이가 자라는 모습을 곁에서 보고 싶었어. 우리 아들의 투정도 듣고 싶었고, 해맑은 미소도 보고 싶었어. 하루하루 커가는 모습을 옆에서 느끼고 싶었는데…. 그리고 우리처럼 엄마, 아빠의 사랑을 받지 못한 채로 크게 만든 나 자신이 너무 미웠고, 선이에게 미안했어…. 먼저 떠나서 미안해."

민정이 누나가 말을 끝내자, 나는 아주 천천히 조금씩 두 사람에게 향했다.

"아…. 아…."

눈시울이 뜨거워지더니, 눈물이 조금씩 흘러나왔다. 나는 떨리는 손으로 그녀의 등을 조심스레 감싸안으며, 마음속 깊이 묻어두었던 말을 마침내 꺼낼 수 있었다.

"엄. 마…."

평생 말하지 못할 것 같았던 단어. '엄마' 그립고 사랑이 가득한 이 단어를 평생 뱉지 못할 말이라고 생각했다. 어릴 적부터 아무렇지 않게 엄마를 부르던 친구들이 부러웠다. 평생 뱉어보지 못했던 엄마라는 단어를 우연과 기적이 만나 부를 수 있게 되었다. 처음 뱉어보는 단어라 처음 목구멍으로 나오려 할 때, 한없이 어색해서 잘 나오지 않았다. 조심스럽고 신중하게 올라온 '엄마'라는 단어를 입 밖에 내자, 사무쳤던 그리움도 함께 쏟아져 나왔다.

"엄마! 엄마…!"

주저앉은 엄마를 안으며 눈물을 흘렸다. 이날, 우리가 흘린 눈물로 잠시나마 호수 물의 소금기가 엷어졌다고 할 만큼, 한없이 눈물을 흘렸다.

눈물이 더 이상 나오지 않자, 정신을 차리고 두 사람을 마주 본 채로 말했다.

"근데요. 저 진짜 힘들었어요. 보육원에서 형들한테 맞으면서 사는 게 진짜 많이 엄청 너무 힘들었어요. 이렇게 힘들게 할 거면, 차라리 저를 살리지 말았어야죠. 매일매일 형들한테 맞는 게 너무 아프고 힘들었단 말이에요. 그냥 같이 죽어서 아티카에서 살면 좋았잖아요…."

목숨을 걸고 살려준 이들에게 이런 말을 한다면, 두 사람 모두 상처 입으리라는 걸 그 당시에는 몰랐다. 그저 그 순간의 나에게는, 어린 소년의 가슴 깊은 곳에서부터 쌓여왔던 한을 터뜨리는 일이 무엇보다 중요했다. 그리고 무엇보다 두 사람으로부터 확인을 받고 싶었다. 나라는 존재가 사랑받기 위해 태어난 존재임을, 누구보다 귀중한 존재임을, 소중한 목숨이라는 말을 부모인 두 사람에게 듣고 싶었다. 친구들은 부모님께 항상 듣던 말이라서 나도 부모님에게 듣고 싶었던 마음도 있었다.

두 사람은 상처받은 기색 하나 없이, 오히려 나를 이해하는 듯했다.

"우리가 선이를 두고 떠난 이유는…. 우리 목숨보다 선이의 목숨이 더 소중했기 때문이야. 그래서…. 그랬던 거야. 무엇보다 우리는 아들, 선이라면 잘 이겨낼 수 있을 거라고 믿었기 때문도 있단다. 우리의 아들이라면, 엄마, 아빠 없이도 훌륭한 어른으로 클 거라고."

아빠의 말에 고개를 숙이며 잠긴 목소리로 대답했다.

"그걸 어떻게 확신해요? 저도 저를 못 믿는데…."

"세상 어떤 부모가 내 자식을 못 믿겠어?"

그의 말을 듣고, 고개를 들어 아빠를 보았다. 그의 눈은 슬펐지만, 눈물을 흘리진 않았다. 그도 울고 싶지만, 가장으로서 울지 않고 참고 있음을 알 수 있었다. 그런 아빠의 얼굴을 보니, 차마 다시 눈물을 흘릴 수는 없었다. 울어도 괜찮은 상황이었음에도 울면 안 될 것 같았다. 간신히 눈물을 참고 아빠를 보았다.

눈물을 꾹 참아낸 그 순간이었다.

"아빠, 엄마. 있잖아요…."

지금 나는 두 사람이 왜 이 사실을 숨겨왔는지 물을 겨를조차 없었다. 정확하게는 묻고 싶지 않았다. 그보다 더 중요한 게 있었으니까.

한 장, 두 장. 아무도 보지 않는 공책 속에 어린 마음으로 써 내려간 말들이 있었다. 부모님을 언젠가 만날 수 있을 거라는, 기약 없는 믿음 하나로 꾹꾹 눌러 담았던 말들. 그 이야기들을 지금 뱉어야 한다고 생각했다.

"음…."

그동안 공책에 적으면서 수없이 준비했던 말들이었지만, 막상 부모님 앞에 서니 그 어떤 말도 떠오르지 않았다. 그래도 이 순간을 조금이라도 낭비하고 싶지는 않았다. 당장 뒤죽박죽이라도 좋으니, 하고 싶은 말을 그대로 내뱉는 게 좋다고 판단했다.

"있잖아요. 제가 뭐 좋아하는지 아세요? 저 운동 진짜 좋아해요. 그것도 축구요! 제가 반에서 제일 잘해요! 저는 나중에 두 개의 심장을 가진 선수처럼 유명한 축구선수가 될 거예요! 그리고 있잖아요…."

나의 수다는 그칠 줄 몰랐다. 엄마, 아빠는 이번에도 지친 기색 하나 내지 않고 나의 이야기를 귀담아들어 주었다. 나는 두 사람과 화목하게 대화하고 있었지만, 여전히 반지는 내 옷 안에서 은은하게 빛나고 있었다.

이 시간이 오랫동안 지속되길 바라던 우리들의 마음과는 달리, 은은하게 빛나던 반지의 빛이 점차 강해지기 시작했다. 이내, 눈이 부실 정도로 밝아졌고 우리는 본능적으로 짐작했다. 이제는 헤어질 시간이라는 것을.

호수 중간에 있는 홍살문의 너머가 일렁이기 시작했다. 우리는 홍살문이 나를 부르고 있음을 본능적으로 느꼈다. 호숫물이 강하게 요동치고 동굴이 흔들리기 시작했다.

"싫어. 싫다고요. 이제야, 드디어 만났는데…! 헤어지기 싫단 말이에요. 그냥 여기 있을래요! 그냥 여기 있고 싶다고요! 엄마, 아빠랑 같이 살고 싶단 말이에요. 헤어지기 싫어요. 싫다고요…!"

멈추었던 눈물이 곡소리와 함께 터져 나왔다. 아직은 부모님에게 더 투정을 더 부리고 싶었다. 보육원에서는 늘 어른스러워야 했기에, 이 순간만큼은 아이로 남고 싶었다.

이별을 받아들인 아빠는 그런 나를 따스한 시선으로 바

라보며 말했다.

"우리도 아들이랑 계속 같이 있고 싶지만, 여기는 살아있는 사람이 오기에는 적절하지 않아. 선이는 이제 선이의 세상에서 살아가야 하는 순간이 온 거란다."

아직 이별을 받아들이지 못한 나는 두 사람에게서 떨어지기 싫은 마음에, 다리를 있는 힘껏 꽉 안았다. 그런 나의 마음과는 정반대로 반지의 빛은 더욱 강해지고 있었다. 민정이 누나가 말을 걸었다. 떨림을 애써 숨기려 했지만, 그녀의 목소리는 끝내 흔들렸다.

"반찬 투정하지 말고, 몸에 좋은 음식 잘 챙겨 먹고, 담배랑 술은 절대 가까이하지 말고. 친구는 많지 않아도 좋으니, 좋은 친구가 한 명만 있어도 괜찮아. 그러니까, 너무 인간관계에 스트레스받지 않았으면 좋겠어. 그리고 문란하게 살지 말고, 공부는 하기 싫으면 안 해도 돼. 마지막으로 하고 싶은 일이 있다면 꼭 해봐. 알겠지? 마지막으로, 엄마, 아빠가 살아남지 못해 미안해. 같이 살아가지 못해서 미안해. 외롭게 자라게 해서 미안해…. 엄마, 아빠는 우리 아들, 선이를 정말 많이 사랑해."

엄마의 말이 끝나자, 아빠도 나에게 마지막 인사를 건넸다.

"아빠가 하고 싶은 말은 말 많은 네 엄마가 한 말과 같단다. 한마디만 더 하자면, 앞으로 살아가면서 힘든 일도 많고 불합리한 일도 많을 거란다. 그때마다 우리가 아들을 응원하고, 믿고 있다는 것을 기억했으면 좋겠어. 여기서 기다리고 있을 테니까, 아주 천천히 오렴. 너무 빨리 오려고 하지 않았으면 좋겠어. 그리고 그때, 우리 아들의 남은 이야기를 들려주렴. 선이가 엄마, 아빠의 아들로 태어나줘서 고마워. 정말 훌륭하게 자라줘서 고맙구나. 사랑한다. 우리 아들. 거짓말해서 미안해. 이 아빠를, 엄마를 용서해주렴."

아빠는 말을 마치자 나를 번쩍 들어 올렸고, 엄마는 내 한쪽 손을 잡았다. 두 사람이 천천히 홍살문을 향해 나아가는 것이 눈을 감고도 느껴졌다.

정말로 이별이 다가왔음이 체감되자, 마지막으로 부모님께 마음을 건넸다.

"저 진짜 잘 클 테니까, 그럴 테니까…! 아빠! 엄마! 저도 사랑…."

아빠가 나를 품에 꼭 안고 홍살문 너머로 한 발 내디디자, 나의 형체가 투명해지기 시작했다. 엄마는 그런 나의 뺨을 눈물로 쓰다듬으며 말했다.

"사랑한다. 아들."

두 사람의 체온이 내 몸을 감쌌지만, 이내 감촉은 사라지고 따스한 온기만이 남았다. 내가 사라진 자리, 두 사람은 허망하게 그 자리에 주저앉았다. 손끝에 스민 기억과 가슴속에 남은 목소리만을 붙잡은 채, 아무 말 없이 오랫동안 그 자리를 떠나지 못했다.

"철썩"

파도가 나를 뚫고 지나갔다. 허망한 마음에 하늘을 올려다보니, 대부도의 하늘은 그토록 염원하던 해가 조금씩 모습을 드러내고 있었다. 바다도 우리가 기억하던 모습으로 되돌아왔다. 그러나 해변은 부서지고 망가진 물건들로 가득 차 있었다. 주변을 조심스레 둘러보니, 이곳이 대부도의 어느 해변임을 직감할 수 있었다. 파도는 쉼 없이 주저앉은 나를 스치며 지나갔다. 다시 아티카에 가고 싶었지만, 왜인지 모르겠지만 그럴 수 없다는 확신이 들었다.

허무한 마음을 가지고 자리에서 일어나 대부도를 바라보았을 때, 그 처참한 광경이 내 시야를 채웠다. 대부도는 두 차례의 지진해일이 휩쓸고 지나간 뒤 완전히 초토화되어 있었고, 상황이 정말 심각했음이 잔해들을 통해 느껴졌다. 관광객을 태우던 유람선은 마을 한가운데까지 밀려 들어와 있었고, 수많은 집과 밭, 냉장고를 비롯한 가전제품들이 바닷물과 해조류, 진흙에 뒤덮인 채 해변과 이곳저곳에 무질서하게 흩어져 있었다. 가까이서 본 대부도의 모습은 참혹하기에 그지없었다.

해변을 빠져나오니, 한창 구조 작업과 재건을 위해 많은 인파가 마을을 가득 채우고 있었다. 나는 그 속을 뚫고, 원래 나의 보금자리였던 보육원을 향해 발걸음을 옮겼다. 진흙 때문인지, 허탈한 마음 때문인지는 모르겠지만, 오늘따라 나의 발걸음은 무거웠다.

2013년 7월, 한여름의 태양은 뜨겁고도 찬란하게 대지를 들끓게 하고 있었다. 깨진 하얀 접시 위에 맺힌 물방울들이 태양 빛에 굴절되어 눈부시게 반짝였다. 이 이야기는 경기도 안산시의 작은 섬마을, 대부도에 사는 시골 소년의 여름방학 이야기다.

에필로그

이후의 이야기

보육원으로 향하는 길에도 지진해일로 무너진 마을의 풍경이 계속되었다. 찢어진 커튼과 비닐하우스의 쇠기둥, 찌그러진 자동차와 어떤 건물이었는지도 알아볼 수도 없을 만큼 조각난 잔해들, 그리고 내 힘으로는 옮기지 못하는 가전제품들로 가득했다. 찝찝한 습기와 짠 바닷냄새가 마을을 가득 메웠고, 뜨겁게 내리쬐는 태양 아래 잔해를 뒤덮은 진흙과 썩은 음식물 쓰레기가 뒤섞여 마을 곳곳에서 악취가 피어올랐다.

"향주야! 어디 있니? 종배야!"

"아이고. 나는 이제 망했다. 이러면 나는 어떻게 살라꼬…."

집터가 빽빽이 모여 있던 곳에 들어서자, 가족을 찾는

이들과 흔적조차 남지 않은 집터 앞에서 울고 있는 사람들의 소리가 내 주변을 가득 채웠다. 그러나 그 소리마저도, 방송사 헬기의 굉음에 금세 흩어지고야 말았다.

보육원이 코앞에 다다르자, 그동안 숨겨왔던 두려움이 되살아났다. 형들에게 맞을까 봐 나는 쉽게 한 발짝도 내디딜 수 없었다.

'이번엔 몇 대를 맞을까? 하…. 가기 싫다.'

한숨을 뱉으며, 보육원 대문을 넘었다. 오랜만에 찾은 보육원은 낯설었다. 보육원 마당에는 모르는 사람들로 가득했는데, 인상착의를 보니 피난민들 같았다. 피난민들 틈에서 서성이는 나를 본 병훈이가 다가왔다.

"어?! 야! 이선! 너 그동안 어디 있다가 온 거야?! 우리가 얼마나 찾고 걱정했는지 알아?! 빨리 와!"

병훈이는 내 손목을 잡고 사무실로 끌고 갔다. "선생님, 이선이 찾았어요!" 병훈이의 말에, 사무실에 계시던 사회복지사 선생님들이 깜짝 놀라며 나에게 다가오셨다. 선생님들은 며칠 동안이나 소식 없이 외박한 나에게 화를 내셨다.

이미 예상했던 상황이라 크게 개의치 않았다. 아직 나의 머릿속에는 부모님과의 이별, 아티카의 일이 잊히질 않아 선생님들의 잔소리에 집중하지 못했다. 그때, 사무실 문을 열고 원장님이 들어오시며 말씀하셨다.
"그쯤 하는 게 어떨까요?"
"예? 원장님, 그래도…."
선생님들은 원장님의 말에 작은 반항을 했지만, 그럼에도 원장님은 고개를 좌우로 저으며 선생님들을 말렸다.
"그쯤 하면 될 겁니다. 선이도 자기 잘못을 알고 뉘우치고 있을 겁니다. 어찌 되었든 무사히 돌아왔다는 게 중요한 거 아니겠습니까."
"알겠습니다. 원장님."
원장님의 말에 선생님들은 자리로 돌아가 다시 본인 일을 하기 시작했다. 원장님은 고개를 숙인 나의 머리를 쓰다듬으며 말씀하셨다.
"그동안 어디에 있었는지 말해줄 수 있겠니?"
원장님의 인자한 말투에도 불구하고 나는 입을 열지 않았다. 내가 진실을 말해도 사람들은 믿지 않을 것 같았다. 오히려 거짓말했다며 나를 더 때릴 게 분명했기에, 말 한마디도 하지 않았다. 원장님은 내가 아무 말 없이 땅만 바라보고 있자, 더 이상 질문하지 않으셨다.
"그래. 알겠다. 얼른 방으로 올라가거라. 대신 원장님한테 나중에라도 말하고 싶을 때가 오면, 그때 말해줄 수 있겠니?"

나는 원장님의 말에 고개를 끄덕이고 사무실을 나와 방으로 올라갔다. 지친 몸을 이끌고 방으로 오니, 아이들이 나를 가만두지 않았다.

"형, 그동안 어디에 있었어?"

"오! 형, 살아 있었어?"

아이들의 질문에 나는 그저 말없이 고개만 끄덕였다. 참상 속을 걸어오니 옷이 많이 더러워져 있었다.

"땡그랑."

바지를 벗어 던진 순간, 주머니 속에서 작은 물체가 떨어져 바닥에 굴러갔다.

"이거는…."

바닥에서 떨어진 그것을 주워 보니, 아티카 운하에서 화가가 그린 가족 그림이 새겨진 작은 병뚜껑이었다.

"아. 이게 왜…."

병뚜껑 뒤에 작게 어떤 글씨가 적혀 있었다.

「언제나, 널 사랑한다. 힘들겠지만, 항상 우리가 있다는 걸 잊지 말렴. -선이를 사랑하는 아빠와 엄마가-」

아주 작은 글씨였지만, 집중해서 보니 선명하게 잘 보

였다. 나에 대한 부모님의 사랑까지도.

"감사해요."

옷장에 잘 보이는 곳에 병뚜껑을 두며, 간질간질한 크기로 혼잣말했다.

"안녕하세요!"

세월이 흘러, 2025년이 되었다. 현재 나는 전 국민에게 사랑을 받는 진행자이자, 개그맨이 주도하고 있는 유명한 방송에 출연한 상태이다.

"어떻게 이런 젊은 나이에 바다에서 녹는 그물을 만들 생각을 하셨나요?"

진행자가 나에게 말을 걸었다.

"아, 그냥…. 어릴 적부터 해양 생태계에 관심이 갔습니다. 생각보다 버려진 그물 탓에 죽는 해양 동물이 많다는 사실을 안 순간부터 고민했었습니다. 해양 동물과 인류에게 도움이 될 걸 만들어야겠다는 생각에서부터 시작된 것 같습니다."

수줍은 말투로 대답했다. 오래전, 아티카인들에게 받은 기회를 이제야 지키는 것만 같아서 설레었다.

"심지어 여섯 시간 동안 방치되면 자연스럽게 녹는다면서요?"

또 다른 진행자가 나에게 질문했다.

"아, 네. 이게 녹아도 미세 플라스틱을 만들지 않아서 완전 친환경적이고, 그물에 걸린 해양 생물들도 죽지는 않을 거로 생각했습니다. 무엇보다 여섯 시간이면 어부 분들도 어업을 하기엔 충분한 시간이라고도 판단했습니다."

사전에 받은 대본 덕도 있었겠지만, 아빠를 닮아서인지 방송에서 떨지 않고 자연스럽게 이어갈 수 있었다.

"마지막으로 한 말씀 해주시죠."

사회자가 방송을 마무리하기 위해 마지막으로 나에게 말을 걸었다.

"아, 네."

심호흡을 깊게 하고, 마무리 대사를 내뱉었다.

"지구의 역사 속에서 대기 중 탄소량이 급증할 때마다 다섯 번의 대재앙이 닥쳐왔고, 그때마다 지구는 스스로 탄소를 정화했습니다. 그리고 지금, 우리는 여섯 번째 재앙의 길목에 서 있습니다. 다행히 바다는 여전히 지구에서 가장 거대한 탄소 저장소로서 우리의 숨을 이어가게 합니다. 진짜 문제는 바다의 생명들이 빠르게 사라지고 있다는 사실입니다. 그들이 사라지는 것은 곧 탄소 저

장소의 붕괴를 의미하며, 결국 인류는 전례 없는 대재앙을 겪게 될 것입니다. 바다는 더 이상 우리의 탐욕을 용납하지 않을 것입니다. 이제는 우리가 바다의 목소리를 들어야 할 때입니다. 그렇지 않다면, 바다가 내뱉는 마지막 비명은 곧 인류의 비명이 될 것입니다. 지금 필요한 것은 거창한 희생이 아니라, 작은 관심과 행동의 시작입니다. 바다를 지키는 일, 그것은 곧 우리 자신을 지키는 일입니다."

무사히 방송을 마치고, 기차에 몸을 실었다.

"후…. 이제 집에 가자."

현재 나는 경상국립대학교에 재학 중이다. 성인이 된 순간부터 보육원을 나와, 혼자 살아가고 있다. 나는 아티카에서의 경험을 토대로 지금까지도 꾸준히 해양 쓰레기를 거둬들이는 봉사활동을 이어가고 있으며, 해양 생태계를 위한 환경 운동을 꾸준히 하고 있다. 물론, 남들에게 피해를 주지 않는 선에서 말이다. 이게 지금의 내가 할 수 있는 책임의 한계이다.

"다녀왔습니다."

싸늘하게 식어 있는 가전제품들에게 인사를 건넸다.

"하하…."

집에 돌아왔을 때 반겨주던 부모님이 문득 떠올라, 신발을 벗다가 헛웃음이 나왔다.

옷장 문을 열었다. 옷장에는 어릴 적, 부모님이 주셨던 병뚜껑이 그대로 있다. 다만, 더 오래 보관하기 위해서 과학의 힘을 빌렸다. 병뚜껑 겉을 도포하고, 투명한 플라스틱으로 만든 용기에 넣어두었다. 덕분에 오늘날까지 그림은 훼손되지 않을 수 있었다.

"엄마, 아빠. 저, 이 정도면 잘 컸죠? 언젠간 만나게 되면, 그때 칭찬 많이 해주세요. 스물다섯 살에 무슨 칭찬이냐고 하지 마세요. 저는 아직 어린애니까요."

짧은 추억과 그리움을 병뚜껑 옆에 고이 개어두고, 옷장 문을 닫았다.

지금까지 버려진 도시, 아티카를 읽어주셔서 감사합니다.

버려진 도시, 아티카에 대하여

《버려진 도시, 아티카》에 대해 독자님들께 먼저 말씀드리고 싶은 부분은 '이선의 환경'입니다.

처음 집필할 때는 이선이 자라온 보육원의 이야기가 도입부에 들어 있었지만, 여러 차례의 수정 끝에 그 부분은 빼게 되었습니다. 작품의 흐름 속에서 보육원이 핵심적인 역할을 하지는 않는다고 판단했기 때문입니다.

혹시 보육원에서 시간이나 주인공의 심리적 배경이 더 궁금하신 분들은, 제 첫 책 《세상은 나를 두 명으로 봅니다》를 읽어보시길 권하고 싶습니다. 그 책에는 제가 겪어온 유년 시절과 심리적 흔적들이 조금 더 솔직하게 담겨 있습니다.

이제는 '아티카인'에 대한 설정을 말씀드리고자 합니

다. 아마 독자님들께서 가장 먼저 궁금해하실 부분 중 하나는, 왜 이 이야기의 주인공 이름이 작가인 저와 같을까 하는 점일 것입니다. 그 이유는 단순합니다. 제 소설 속의 '이선'만큼은 현실의 제가 미처 보지 못한 것들, 느끼지 못한 감정들, 그리고 끝내 닿지 못한 행복한 결말을 대신 살아가길 바랐기 때문입니다. 현실에서 채우지 못한 부분들을, 소설 속의 제가 조금이라도 채울 수 있다면 좋겠다는 마음이었습니다. 혹시 이 설정이 낯설게 다가오실 수도 있겠지만, 그것 또한 제 방식의 작은 고백이라 생각해 주시면 감사하겠습니다.

《버려진 도시, 아티카》를 구상할 때 저는 아티카인의 크기를 아주 작게 설정했습니다. 아마 주꾸미 정도의 크기라고 상상해 주시면 될 것 같습니다. 이렇게 작게 만든 데에는 저 나름의 의미가 담겨 있습니다. 바로 '협력'입니다. 작은 아티카인들이 힘을 모아 바닷속 쓰레기를 하나씩 치워 나가는 연출을 통해, 작은 힘들이 모이면 반드시 변화를 만들 수 있다는 제 생각을 전하고 싶었습니다. 이 장면을 통해 드리고 싶었던 메시지가 독자님께도 조금이나마 전해졌기를 바랍니다.

　작품 속에서 아티카인들은 바다로 특별한 가방을 들

고 갑니다. 이 가방은 다소 동화적이고 판타지적인 장치로 설정했는데요, 사실 해양 쓰레기는 너무 많고, 아티카인들은 너무 작다 보니 현실적인 수거 방법을 고민해도 쉽게 답이 나오지 않았습니다. 그래서 오랜 생각 끝에 현실성을 조금 내려놓고, 판타지적인 가방을 등장시키기로 했습니다. 아티카인의 가방은 비어 있을 때는 아주 작은 소형 가방이 되어 허리춤에 찰 수 있고, 크기와 상관없이 어떤 쓰레기든 들어가며, 절대 찢어지지도 않습니다. 완벽하게 현실적인 장치는 아니지만, 작은 존재들이 거대한 문제에 맞서는 이야기다 보니 조금 더 따뜻하게 바라봐 주셨으면 합니다.

 아티카는 바닷속, 커다란 공간에 세워진 도시입니다. 쉽게 말씀드리면 '지하도시' 같은 개념이라고 생각하시면 이해하기 편할 것 같습니다. 저는 환경을 떠올릴 때 가장 먼저 '재활용'을 생각하곤 합니다. 그래서 아티카라는 공간 역시 인간이 버린 쓰레기를 재활용해 세워졌다는 의미를 담고 있습니다. 조금 엉뚱하게 들릴 수도 있지만, 쓰레기로 이루어진 도시라는 발상은 단순히 어두운 이미지보다는, 작은 존재들이 버려진 것에서 새로운 가치를 만들어 낸다는 희망적인 면을 강조하고 싶었습니다.

아티카인과 아티카라는 세계는 평범한 인간의 눈에는 보이지 않는, 동화적이고 판타지적인 요소로 설정했습니다. 그런데도 주인공 이선이 아티카에 들어가고 아티카인들을 볼 수 있었던 이유는 부모님이 남겨주신 반지 덕분입니다. 반지를 매개체로 삼은 것은 〈하울의 움직이는 성〉에서 소피가 하울에게 갈 때 반지의 도움을 받았던 장면에서 착안했습니다. 또, '소인'이라는 설정과 '인간의 쓰레기를 재활용하는 아티카인'이라는 발상은 〈마루 밑 아리에티〉를 우연히 접하고 나서 자연스럽게 떠올린 영감입니다. 그리고 작품 후반부에서 민정이 이선에게 전하는 대사는 제가 가장 재미있게 본 애니메이션 중 하나인 〈나루토〉에서 큰 영감을 받아 인용하게 되었습니다. 여러 작품에서 받은 인상과 감동이 저의 이야기 속에 조금씩 녹아들었다고 봐주시면 감사하겠습니다.

　아티카인을 해양 생물과 인간의 모습이 결합한 존재로 설정한 데에도 나름의 의미가 있습니다. 무엇보다 이 설정에는 '바다에 쓰레기를 버린 인간'이라는 가해자와, '그로 인해 피해를 본 해양 생물'이라는 대립 구도를 담고 싶었습니다. 동시에, 결국 바다를 구하는 존재도 인간이라는 모순을 드러내고자 했습니다. 무엇보다 '공존'이라는 의미를 넣기도 했습니다. 단순한 외형일지라도 많은 의미가 내포되어 있습니다.

아티카에는 정치 체제가 존재합니다. 작품 속에서는 간단히만 언급되지만, 그들을 대표하는 두 세력으로 '평화당'과 '보복당'이 있습니다. 저는 인간이란 존재가 높은 지능을 지닌 특별한 동물이라 다양한 생각을 펼칠 수 있다고 믿습니다. 만약 해양 생물들이 이런 지능을 가지게 된다면, 결국 인류와 크게 다르지 않은 모습을 보이지 않을까 생각했습니다. 무엇보다 저는 인간의 지능을 얻은 해양 생물들에게도 하나의 선택지를 주고 싶었습니다. 자신들에게 고통과 죽음을 안긴 인간에게 복수할지, 아니면 용서할지를 스스로 결정할 기회를 말입니다. 이런 설정은 다소 단순하게 보일 수도 있지만, 인간이 가진 복잡한 면모를 해양 생물에게도 비춰보고 싶다는 마음에서 비롯된 것이었습니다.

이금과 김민정은 주인공 이선의 부모이기 때문에 인간의 모습으로 등장합니다. 어쩌면 이것은 일종의 '주인공 특혜'처럼 보일 수도 있습니다. 하지만 저는 오히려 독자분들께 이들이 이선의 부모라는 사실을 숨기지 않고, 분명하게 전달하고 싶었습니다. 이 설정이 다소 단순하게 느껴질 수도 있겠지만, 부모와 자식의 관계라는 중요한 축을 작품 속에서 더 따뜻하고 분명하게 드러내고 싶었던 제 의도가 담겨 있습니다.

처음 시도하는 판타지 소설이다 보니, 저는 하나의 큰 의미를 정해 두고 작은 부분들까지 의미를 넣어 연결하려는 마음으로 글을 써왔습니다. 하지만 그런 세세한 설정과 의도를 모두 에필로그에 담기에는 분량이 지나치게 많아질 것 같아, 여기서 멈추려 합니다.

남은 설정들은 독자분들의 상상과 해석에 맡기고자 합니다. 저 역시 제 이야기를 읽는 분들이 각자의 시선으로 새로운 의미를 발견해 주신다면 더할 나위 없이 기쁠 것 같습니다.

《버려진 도시, 아티카》에 관한 설정 에필로그는 여기에서 마무리하겠습니다.

감사합니다.

작가의 말

안녕하세요.《버려진 도시, 아티카》를 쓴 이선입니다.
이 이야기는 어느 날 대학교로 가는 버스 안에서, 창밖 대나무숲을 바라보며 떠올린 작은 상상에서 시작되었습니다. 짧은 순간이었지만 그 영감은 긴 여정이 되었고, 마침내 한 권의 책이 되어 독자님 앞에 서게 되었습니다.
에세이를 쓸 때는 제 삶을 있는 그대로 풀어낼 수 있었기에 조금은 수월했습니다. 하지만 판타지 소설은 전혀 다른 세계였습니다. '무'에서 '유'를 만들어 내는 과정은 쉽지 않았지만, 오히려 글을 쓰는 법을 다시 배우는 값진 경험이 되어서 좋았습니다.
《버려진 도시, 아티카》는 단순한 상상이 아니라, 독자님께 많은 의미와 질문을 던지고자 노력했습니다. 그래서 집필 전 수많은 자료와 다큐멘터리를 찾아보았고, 그 과정은 고되면서도 나름 즐거웠습니다.
솔직히 고백하자면,《세상은 나를 두 명으로 봅니다》를

출간할 때는 끝까지 검수하지 못했습니다. 그 결과, 맞춤법이나 문장의 흐름에서 아쉬움이 남았고, 그것을 가장 먼저 알아차리신 분들은 독자분들이었습니다. 이 경험을 계기로 《버려진 도시, 아티카》는 더 꼼꼼하게, 수없이 고치며 집필했습니다. 시간이 오래 걸렸지만, 이번에는 조금 더 편안하게 읽힐 수 있기를 바랍니다.

앞서 말씀드렸듯, 저는 아직 배워야 할 것이 많은 사람입니다. 《버려진 도시, 아티카》는 그 부족함을 채워가기 위한 첫걸음이며, 누군가에게 작은 위로와 희망이 되기를 간절히 바랍니다.

하고 싶은 이야기는 아직도 많지만, 그것은 앞으로의 작품 속에서 차차 풀어가려 합니다. 끝까지 이 책을 읽어주신 독자님께 진심으로 감사드리며, 이 이야기가 마음 한편에 따뜻하게 남기를 바랍니다.

더 성숙하고 나아진 모습으로, 다음 작품에서 다시 인사드리겠습니다.

지금까지 작가 이선이었습니다.

감사합니다.

버려진 도시, 아티카 アッティカ

초판 1쇄 발행 2025. 9. 29.

지은이 이 선
펴낸이 김병호
펴낸곳 주식회사 바른북스

편집진행 임현정
디자인 최다빈
마케팅 송송이 박수진 박하연

등록 2019년 4월 3일 제2019-000040호
주소 서울시 성동구 연무장5길 9-16, 301호 (성수동2가, 블루스톤타워)
대표전화 070-7857-9719 | **경영지원** 02-3409-9719 | **팩스** 070-7610-9820

•바른북스는 여러분의 다양한 아이디어와 원고 투고를 설레는 마음으로 기다리고 있습니다.
이메일 barunbooks21@naver.com | **원고투고** barunbooks21@naver.com
홈페이지 www.barunbooks.com | **공식 블로그** blog.naver.com/barunbooks7
공식 포스트 post.naver.com/barunbooks7 | **페이스북** facebook.com/barunbooks7

ⓒ 이 선, 2025
ISBN 979-11-7263-595-4 03810

•파본이나 잘못된 책은 구입하신 곳에서 교환해드립니다.
•이 책은 저작권법에 따라 보호를 받는 저작물이므로 무단전재 및 복제를 금지하며,
이 책 내용의 전부 및 일부를 이용하려면 반드시 저작권자와 도서출판 바른북스의 서면동의를 받아야 합니다.